행복은 언제나
당신 마음속에
있다

행복은 언제나 당신 마음속에 있다

1판 1쇄 인쇄 2010년 12월 15일 · 2판 1쇄 발행 2013년 5월 28일

지은이 세토우치 자쿠초 · 옮긴이 김욱
펴낸이 김현정 · 펴낸곳 도서출판리수
기획 김현주 · 교정 최귀열

등록 제4-389호(2000년 1월 13일) · 주소 서울시 성동구 행당2동 328-1 한진노변상가 110호
전화 2299-3703 · 팩스 2282-3152
홈페이지 www.risu.co.kr · 이메일 risubook@hanmail.net

ISBN 978-89-90449-92-4 03830

※책값은 뒤표지에 있습니다.
※잘못 제본된 책은 바꾸어 드립니다.

※이 책은 《나의 마음을 위로하다》의 개정판입니다.
※이 도서의 국립중앙도서관 출판시도서목록(CIP)은 서지정보유통지원시스템 홈페이지(http://seoji.nl.go.kr)와
국가자료공동목록시스템(http://www.nl.go.kr/kolisnet)에서 이용하실 수 있습니다.
(CIP제어번호 : CIP2013006107)

행복은 언제나 당신 마음속에 있다

세토우치 자쿠초 지음 김욱 옮김

리수

들어가는 말 행복은 당신의 마음속에 있다

사람이 태어나는 순간 정명(定命, 전세의 인연으로 정해져 있다는 수명—옮긴이)이라는 것이 주어집니다. 이 정명이 다할 때까지는 세상을 살아가야 합니다.

삶에 즐거운 일들만 가득하지는 않습니다. 석가님도 세상은 괴로움의 세계라고 가르치셨습니다.

우리 마음속에는 캄캄한 '무명(無明, 번뇌로 인하여 불법의 근본을 이해 못하는 정신상태—옮긴이)' 이 있습니다. 빛이 없는 무명 속에는 인간으로서 피할 수 없는 온갖 번뇌들이 가득합니다. 번뇌란 인간의 욕망을 뜻합니다. 저것이 탐난다, 이것이 탐난다, 저 사람이 부럽다, 저 사람이 정말 밉다, 좀 더 많은 돈을 갖고 싶다, 명예와 지위가 더 늘어났으면 좋겠다, 라는 욕망이 번뇌이며, 번뇌는 모든 사람의 내면에 한없이 감춰져 있습니다.

살다보면 누군가를 부러워하고 질투하게 됩니다. 어느 날 깨닫고 보니 그 질투가 더해져 사람을 미워하고 있는 자신을 발견하고 맙니다. 무엇인가를 갖고 싶다는 욕망에는 끝이 없고, 아무리 많은 것을 가져도 그것을 갖게 된 순간 또다시 다른 것을 찾아 헤맵니다.

사랑받고 싶고, 그래서 그 사람으로부터 사랑받게 되어도 더 많이 사랑받고 싶다는 욕망 때문에 마음은 불안하기만 합니다. 사랑으로 인하여 고통이 시작됩니다. 그것이 사랑이라는 감정입니다.

새로운 세기에는 달라질 것이라고 기대했습니다. 많은 일들이 자리를 잡아가면서 잘 풀릴 것이라고 기도해왔는데 막상 신세기가 되어서도 특별히 좋은 일은 없습니다. 어쩐지 지나간 세기에 더 행복했던 것 같습니다. 그런 생각이 들수록 그리운 무엇인가를 잃어버린 듯합니다.

인간은 늘 없는 것을 가지려 합니다. 그리고 채워지지 않는 마음은 뒤얽힌 상념으로 삐걱거리고 있습니다. 세상만사가 시시하고 괴롭습니다. 차라리 죽어버릴까 생각했지만 이 정명이 다하는 순간까지는 죽지도 못합니다.

이런저런 고민으로 괴로워하며 한밤중에도 잠들지 못할 때, 누군가에게 괴로운 속내를 털어놓고 싶을 때, 고독으로 힘겨워졌을 때, 혼자 하염없이 울고 싶을 때, 손을 뻗어 페이지를 넘겨보고 싶은 작은 책이 곁에 있다면 그나마 조금은 위안이 되겠지요. 나는 소녀시절부터 좋아했던 시집을 머리맡에 두고 이미 외우다시피한 시를 되풀이하여 읊조리며 마음을 진정시킨답니다.

이 보잘것없는 작은 책이 당신을 위해 그런 역할을 해줄 수 있다면 이보다 더한 기쁨은 없을 것 같습니다. 어느 페이지를 넘겨보든 나의 마음은 당신에게 말을 걸 것입니다.

번뇌와 고통을 나에게 털어놓았으면 좋겠습니다. 그리고 이 책에 실린 나의 대답에 귀 기울였으면 좋겠습니다. 핸드백이나 가방에 이 작은 책을 늘 넣고 다녀주십시오. 당신이 혼자일 때 친구로 삼아주십시오.

지금 당신이 안고 있는 고민과 괴로움과 슬픔은 당신 혼자만의 것은 아닙니다. 개인적인 마음의 고뇌는 보편적인 것입니다. 인간이라면 누구나 그런 고뇌를 공유하고 있답니다. 당신은 외톨이가 아닙니다. 인간은 혼자 태어나고 혼자 죽습니다. 고독은 인간의 지워지지 않는 본성입니다. 그래서 우리는 다른 누군가를 찾고, 사랑하고, 피부로 서로의 따스함을 나누고 싶어 합니다.

하지만 사람을 사랑하는 정열은 반드시 식어버립니다. 나의 정열이, 또는 상대방의 정열이 식어버렸다는 것을 인정하게 되었을 때 인간은 또다시 괴로워합니다. 괴로움과 슬픔을 경험하지 못한 사람은 타인의 고통과 슬픔을 배려하거나 동정하지 못합니다.

배려란 상대방이 지금 무엇을 원하고 있는지, 무엇 때문에 괴로워하는지를 상상해보는 것입니다. 그 배려가 결국에는 사랑입니다. 상상력=사랑인 셈입니다.

누군가 당신 곁에서 괴로워하고 슬퍼하고 있다면 살며시 이 책을 손에 들려주십시오. 틀림없이 그 사람은 이 책 어딘가에서 자신이 찾고 있던 목소리를 듣게 될 것입니다.

당신은 그의 괴로운 심정을 들어주기만 하면 됩니다. 그가 바라는 대답은 이 책 어딘가에 실려 있는 글들이 대신 해줄 겁니다.

살아있는 한 우리는 행복해질 권리가 있습니다.

인간은 행복해지기 위해 이 세상에 태어났습니다.

나의 존재로 인해 누군가가 행복해지기를 바라면서 살고 있습니다.

세상은 새로운 세기를 맞이했지만 밝음은 보이지 않습니다. 하지만 당신은 절망해서는 안 됩니다. 미래는 당신의 젊은 손안에

들어있습니다.

지나간 과거로 고민하지 말고, 미래에 닥칠 위협을 걱정하지 말고, 당신이 살아있는 지금 이 순간에 전신전령을 다해 힘껏 살아주십시오.

행복은 언제나 당신의 마음속에 있습니다. 자, 당신의 마음속을 한 번 들여다보십시오.

세토우치 자쿠초

차례

무소의 뿔처럼 혼자서 가라

사랑을 택하는 이유

나 자신의 하찮음에 절망할 때

인생이란

불행의 순간, 그리고 선물

행복이란

헤어짐에 익숙해지도록

기도

무소의 뿔처럼
혼자서 가라

무소의 뿔처럼 혼자서 가라

●●●●

"무소의 뿔처럼 혼자 걸어라."

앞길이 막막할 때, 한없이 외로울 때, 나도 모르게 입 밖으로 석가님이 하신 말씀이 튀어나옵니다. 이상하게도 마음이 편안해집니다. 좌절도, 분노도, 원망도 씻은 듯이 사라집니다. 이것은 나만의 주문(呪文)입니다. 쓸쓸함과 원망에 사로잡혀 있는 내가 황야를 헤매는 한 마리 코뿔소처럼 보이기 시작합니다. 인간은 필경 고독해질 수밖에 없는 생물이라는 체념이 새삼 가슴속에 되살아납니다.

혼자만의 여행

●●●●

세상에 태어났다는 것은 여행이 시작되었다는 뜻입니다. 이 여행길에서는 싫어도 앞으로 나아가야 합니다. 그것이 이 여행의 숙명입니다. 한 번 거쳐 간 숙소로는 되돌아올 수가 없습니다. 내가 떠나는 순간 길이 막혀버립니다.

혼자서는 힘겹고, 동행자를 지나치게 의지했다간 배신당할 수도 있습니다.

어차피 이 세상은 혼자만의 여행입니다. 그렇게 생각하고 포기하면 기대하지 않았던 인정과 풍경이 마음속에 스며들어 여행은 더욱 풍요로워집니다.

고독하기 때문에 사랑한다

●●●●

인간은 본래 고독합니다.

그것을 알면서도 다른 사람의 사랑을 구합니다.

고독하기에 사랑이 필요하고, 말을 건넬 수 있는 누군가를 원합니다.

우리에겐 피부의 온기를 서로 나눠 갖는 상대가 필요합니다.

외로워질 때마다 자기도 모르게

●●●●

어머니의 태내에서 잠든 태아의 모습을 상상해보세요.
두 팔로 무릎을 끌어안고
얼굴은 무릎 사이에 파묻고 있습니다.
세상에서 가장 고독한 모습입니다.
인간은 태아였을 때가 가장 고독하답니다.
그래서 사람들은 외로워질 때마다 자기도 모르게
태아와 똑같은 모습으로 외로움을 이겨내려고 합니다.

공감

●●●●

인간이라면 외로운 것이 당연합니다. 내가 외롭기에 그 사람도 외로울 것이다, 내가 이렇게 외로운데 그 사람도 틀림없이 누군가를 그리워할 것이다, 라고 생각했을 때 동정이 생기고, 공감이 생기고, 이해가 이루어지고, 마침내 사랑이 태어납니다.

다정함의 이면

●●●●

자신의 고독에 듬뿍 잠겼다가 떠오른 사람에게서는 참된 인간적인 다정함이 느껴집니다.

평온해 보일지라도

●●●●

겉으로 보기에는 평범하고 부드럽고, 고생도 겪어보지 못한 것처럼 보이는 인간의 내면에 세상이 헤아릴 수 없는 격심한 광풍이 불고 있는지도 모릅니다. 그것은 알 길이 없습니다.

사랑

●●●●

고독을 느끼지 못한 사람은 타인을 사랑하지 못합니다.

여유

●●●●

고독에 응석을 부려서는 안 됩니다.

고독을 길들이고 고독의 본질을 궁구하고

다른 사람의 고독에 동조하는 여유를 보여주지 않으면

고독의 구렁에서 기어 나오지 못합니다.

용기

●●●●

나의 존재를 고독하다고 고백할 수 있는 용기를 지닌 사람에게 자연은 마음을 열고 말을 건넵니다.

바쇼(芭蕉, 17세기 일본의 승려시인—옮긴이)가 속세를 벗어나 유랑의 길을 떠났을 때입니다. 여행 도중 마주친 강과 산, 나무들이 그에게 인사를 하고, 그의 뒷모습을 바라보며 눈물을 머금고 전송했다고 합니다. 그 여행에서 바쇼는 '나'를 잃고 '자연'을 얻은 셈입니다.

집착

●●●●

사람이 지겨워서 여행을 떠나는 것이 아니라 미치도록 그립기에 여행을 떠나는 경우도 있습니다.

다시는 볼 수 없는 여행길에서 한 발자국 멀어질 때마다 사랑은 집착을 버립니다. 그리고 집착이 비워진 만큼 순수하게, 치열하게 사랑이 채워집니다.

방랑을 멈추지 않는 사람을 볼 때마다 약하기 때문이 아니라 너무나 강하기에 돌아오지 못하는 것이라는 생각이 들곤 합니다.

나 자신의 모순

●●●●

기억처럼 자기 멋대로 외우는 것도 없고,

자신의 행동과 심리처럼 흐트러져 뒤얽혀진 것도 없고,

자신의 마음 깊숙한 곳처럼

단단한 껍질로 숨겨져 있는 것도 없습니다.

또 하나의 나

'또 하나의 나' 를 깨닫기란 참으로 어렵습니다.

가족과 함께 살고 있어도, 많은 친구들에게 둘러싸여 있어도 '또 하나의 나' 를 발견하지 못했다면 고독은 운명처럼 따라붙습니다.

또 하나의 나를 발견하게 된다면, 인생이 순례는 아니지만 나의 삶에 한 명의 동행자가 더 생기는 셈입니다.

혼자 있어도 고독하지 않습니다.

석가님은 자신을 등불로 삼으라고 말씀하셨습니다.

자신을 등불로 삼기 위해서는 '또 다른 나' 에게 성냥을 그어 불을 붙여야 합니다.

시간을 되돌아 볼 때

●●●●

'시간' 은 그 사람과 함께 살아갑니다.

육친보다도, 배우자보다도, 공기나 태양보다도 더 오랫동안 나와 함께 지냅니다.

사람은 자신의 시간과 영원히 행동을 같이 합니다.

하지만 살면서 시간을 되돌아보는 것은 행복한 추억이 그리워졌을 때와 고독으로 몸서리가 쳐질 때밖에 없는 것 같습니다.

홀로 죽는다

●●●●

"나는 속세인도 아니고 수행승도 아니다"라고 스스로를 규정한 료칸은 고독과 자유에 투철한 사람이었습니다. 그는 보이는 현실을 있는 그대로 받아들였습니다. 일흔의 나이에 서른 남짓의 비구니에게 특별한 마음을 품었지만 추하지 않고 오히려 자연스럽습니다. 아니, 너그럽기까지 합니다. 육욕이 따르지 않는 늘그막의 사랑이었습니다. 그래도 타고난 고독은 지워지지 않았습니다. 누군가를 곁에 두고서도 홀로 죽음의 여로를 떠나야 한다는 것을 그는 잊지 않았습니다.

함께 살고 있어도 나는 혼자다

●●●●

사는 것도 혼자이고

죽는 것도 혼자다.

사람과 함께 살고 있어도 나는 혼자다.

잇펜조닌(一遍上人, 일본의 고승—옮긴이)의 가르침이 인간의 고독 위에서 신선하게 빛나고 있습니다.

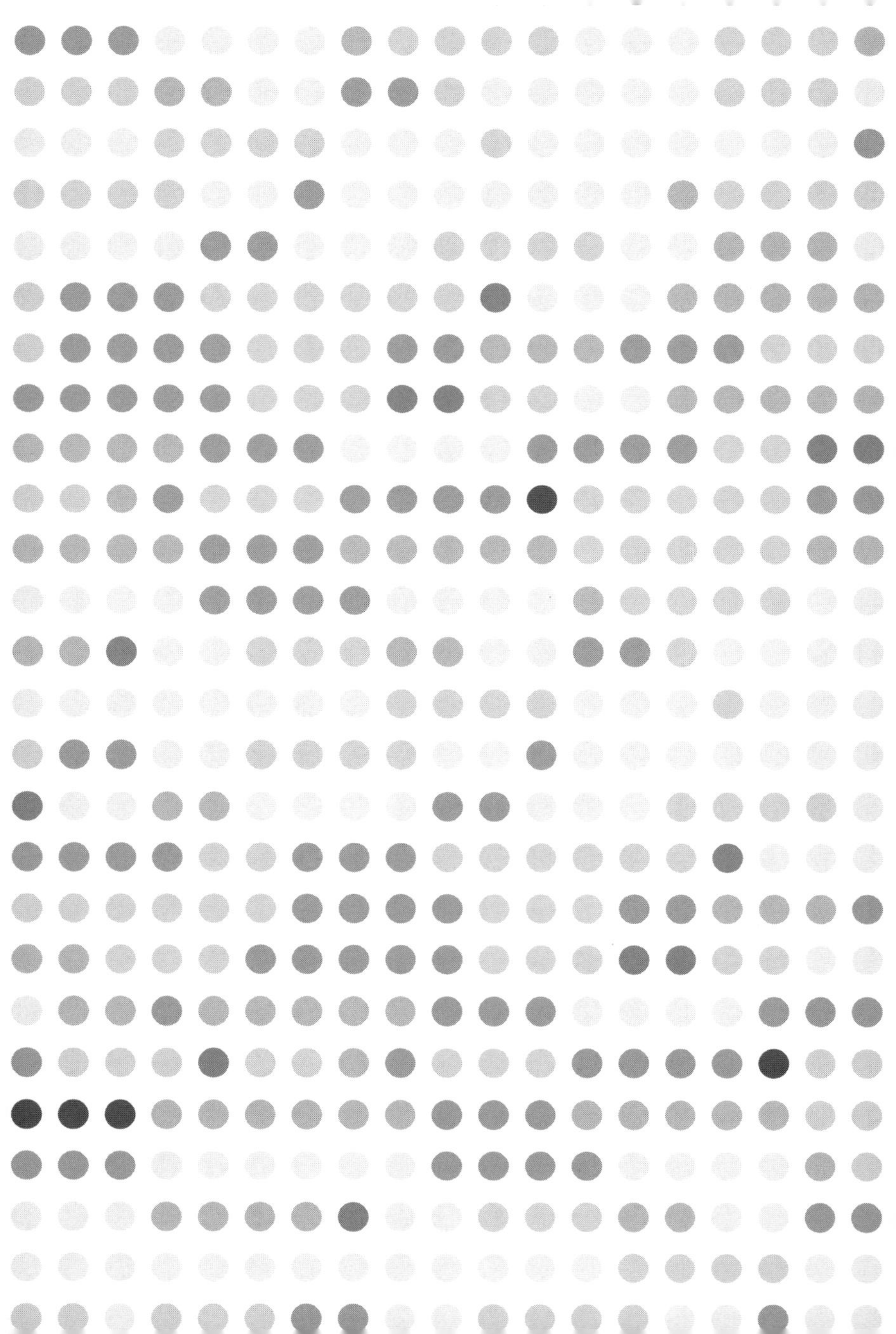

사랑을 택하는 이유

그게 바로 인간

●●●●

사람은 만나면 반드시 헤어집니다.

헤어짐의 쓰라림에는 익숙해질 수가 없습니다.

몇 번을 되풀이 말하더라도 헤어짐은 고통스럽습니다.

그래도 우리는 포기하지 않고 죽을 때까지

누군가를 사랑하려고 합니다.

그게 바로 인간입니다.

사랑은 상상력

●●●●

사랑은 내가 아닌 남의 기쁨을 위해 존재합니다.

따라서 상대방보다 앞질러 생각할 줄 알아야 합니다. 그 사람이 지금 무엇을 바라는지 알아차려 좋아하는 일은 해주고, 싫어하는 일은 안 합니다.

사랑은 상상력입니다.

사랑할 때의 기대감

●●●●

사랑하며 살고 있을 때는 서로 사랑하기에 기나긴 시간을 공유해도 짧게 느껴집니다. 기쁨, 걱정, 슬픔을 상대와 나눌수록 그의 영혼에 미지의 파란 지도가 숨어 있는 것만 같습니다.

아직 발을 들여놓지 못한 지도 속의 불가사의한 영역에 매료되어 미지의 숲과 호수를 동경하듯 그의 삶을 동경하게 됩니다.

인생에게 가장 소중하고도 기쁜 일

●●●●

인간이 살아가기 위해서는 돈이 필요합니다. 건강도 필요합니다.

지위도 탐나고, 값비싼 물건도 욕심이 납니다.

하지만 그 모든 것을 손에 넣더라도, 사랑하고 사랑받지 못한다면 인생에는 아무것도 남지 않습니다.

내가 사랑하는 사람이 있고, 나를 사랑해주는 사람이 있다는 자각은 인생에서 가장 소중하고도 기쁜 일입니다.

이런 마음이 없다면 살아 있어도 죽은 것과 매한가지입니다.

슬픔을 겪어보지 못한 사람은

●●●●

사랑하는 사람과 헤어진 적이 없는 행복한 사람은

사랑하는 사람과 헤어진 사람에게 부드러운 손길을 내밀지 못합니다.

슬픔을 겪어보지 못한 사람은 타인의 슬픔을 이해하지 못하기 때문입니다.

정열의 연료

●●●●

일에 열중하기 위해서는 사랑도 필요합니다.

사랑은 인간에게 정열을 제공하는 연료입니다.

연료가 없으면 몸과 머리는 뜻대로 움직이지 않습니다.

그리고 새로운 사랑은 지난날의 사랑을 버리지 않는 한 찾아오지 않습니다.

이젠 끝났어요

●●●●

"당신은 아직도 그를 사랑하나요?"

라는 말을 들었을 때

"아뇨, 이젠 끝났어요."

라고 대답하겠습니다.

아직도 그를 사랑한다는 말보다 더 이상 사랑하지 않는다고 대답하는 편이 요염하게 들립니다.

맛있는 포도주 같은 단편소설을 읽었을 때처럼 깊은 여운이 남습니다.

오늘이 가기 전에

●●●●

사랑을 얻고 그의 영혼을 갈망하지만 오늘밤 안에 그 사랑이 끝날 수도 있음을 각오해야 합니다. 그렇게 각오하고 오늘이 가기 전에 내가 가진 모든 사랑을 베풀고, 애정을 보여줘야 합니다. 그날 밤을 마지막으로 천지가 갈라져 두 사람의 행복과 평화가 무너질지언정 살아 있는 동안 뜨겁게 사랑했다는 추억은 영원히 남게 될 것입니다.

자기 자신도 배신하기 일쑤

●●●●

인간은 타인만이 아니라 자기 자신도 배신하기 일쑤입니다.
그래서 잠시나마 덧없는 사랑에 파묻혀
나를 붙잡으려는 것입니다.

남자의 고독

●●●●

남자의 마음은 고독의 아름다움과 즐거움에 민감합니다.

여자는 남자의 그런 특징을 인식하고 사랑하는 사람에게 가끔은 자유를 줘야 합니다. 그가 잠시 떠나 있는 동안 원기를 회복하고, 자신의 신선함을 유지하는 것입니다.

상대방의 자유를 인정한다는 것은 자신에게 자유와 고독의 시간을 허락한다는 뜻입니다. 남자의 요구에 맞춰주기만 하면 둘 다 만족하지 못합니다.

"저 사람이 무엇을 해도 나는 상관없어. 고삐는 내가 쥐고 있으니까."

이렇게 말할 수 있는 여자야말로 진정한 사랑의 성공자입니다.

당신은 이미 그를 사랑하고 있는 것

●●●●

인간의 가장 고독한 표정은 얼굴이 아닌 등에 새겨져 있습니다.

인간의 등은 외로움의 그늘을 짊어지고 있기 때문입니다. 인생의 괴로움이 얼마나 무거운지를 알고 있기 때문입니다.

그의 등이 쓸쓸해 보이는 것을 깨달았다면 당신은 이미 그를 사랑하고 있는 것입니다.

사랑 그 괴로움의 시작

●●●●

사랑을 손에 쥐었다는 확신이 생기기 무섭게 겸손을 잊어버립니다.

사랑을 얻은 것이 마치 당연한 운명이라도 되는 것처럼 우쭐해하며 사랑을 독점하려고 합니다.

괴로움은 바로 그날부터가 시작입니다.

사랑이라는 정열도 식게 마련

●●●●

사랑의 정열은 머잖아 식습니다. 지금의 배우자와 처음 연애하던 시절을 떠올려보십시오. 그 뜨거웠던 감정이 이토록 퇴색되어 매력을 잃게 될 것이라고 그때 당신은 알고 있었나요?

증오와 사랑에 대한 대처

●●●●

나이가 들면서 증오와 사랑에 대처하는 방법이 달라졌습니다. 예전에는 아무 일도 하지 않고 하룻밤을 그냥 보냈습니다. 하룻밤 자고 일어났는데도 어젯밤처럼 내 안에서 사랑과 증오가 불타오른다면 망설이지 않고 펜을 잡았습니다.

하지만 지금은 약간 달라졌습니다. 그 감정이 사랑이라면 망설이지 말라고 권합니다.

이 덧없는 인생에서 나도 그렇고, 상대방도 그렇고 내일까지 살아 있을 것이라고 단정 지을 수 없기 때문입니다.

사랑에 굴복할 수밖에 없는 인생

●●●●

인간의 사랑은 대체로 자기본위입니다.

성행위를 동반하는 남자와 여자의 사랑을 불교에서는 '갈애(渴愛)' 라고 부릅니다.

갈애란 육욕의 사랑입니다. 타는 듯이 목이 말라 참지 못하겠다는 느낌입니다. 마셔도, 마셔도 마음은 메말라갑니다.

갈애는 내가 당신을 사랑한 만큼 당신도 나를 사랑해야 한다고 요구합니다. 사랑에는 답례가 따라야 한다고 믿습니다. 원금뿐 아니라 이자까지 보태달라고 강요합니다.

자신이 베풀 때는 억지로 떠맡기듯 안겨주면서 그에 대한 보답은 순결하고 희생적이기를 원합니다.

이처럼 제멋대로인 사랑에 굴복할 수밖에 없는 인생이 서글퍼집니다.

사랑이란

●●●●

사랑이란 편안하게 지내는 것보다 고민하며 괴로워하고 싶은 감정이 아닐까요.

인연이란

●●●●

죽이고 싶을 만큼 미워하는 감정은 사랑의 이면입니다.

사랑하지도 않고 미워하지도 않는다….

세상에서 가장 냉담한 무관심.

무관심하게 지나치느니 미워할 수 있는 상대방을

인연이라고 부르겠습니다.

가장 큰 천재, 사랑

●●●●

사랑만큼 인생에서 큰 사고가 있을까요.

아무리 조심하더라도

내습할 때는 반드시 일방적으로 습격해오는 것입니다.

사람의 힘으로 피하기 어렵다는 점에서 사랑은 가장 큰 천재(天災)인지도 모릅니다.

나이와 상관없이

●●●●

남자는 늙어 성불능이 되더라도 열렬하게 사랑할 수 있나봅니다. 질투도 느끼고, 사랑에 속앓이도 하는 모양입니다. 그런 예를 아라하다 칸손(일본의 유명 평론가) 씨에게서 확인했습니다.

칸손 씨는 아흔의 나이에 갓 마흔이 된 여성에게 반했습니다. 그래서 매일 같이 원고지(400자 원고지) 열 장에서 스무 장 가량의 러브레터를 보냈습니다.

그렇게 보낸 연애편지 중에는

"당신을 사랑하는 모든 남자를 질투하기에 증오합니다. 당신이 사랑하게 될 모든 남자를 질투하기에 증오합니다."

라는 글귀가 있습니다. 칸손 씨는 그 같은 사랑을 나에게 고백하면서,

"이 나이에도 사랑에 얽매이는 나를 경멸해주십시오. 그나마 이런 사랑이 욕되지 않는 것은 성애를 바라지 않기 때문입니다. 성애가 따르지 않는 만큼 질투가 다섯 배는 더 심합니다."

라면서 신음하듯 울음을 터뜨렸습니다. 당시에는 놀라고 당황했지만 늘그막의 사랑에 고민하는 칸손 씨를 단 한 번도 추하다고, 꼴사납다고 생각하지 않았습니다. 그 나름대로 멋지고 순수한 남자의 매력이 느껴졌습니다.

마음을 헤아리는 상상력

●●●●

연애에 서툴고, 여간해서는 연인을 만들지 못하는 사람은 상대방의 마음을 헤아리는 상상력이 부족하기 때문입니다.

착각 위에 피어나는 꽃

●●●●

사랑은 착각 위에 피어나는 꽃에 지나지 않습니다. 여자는 연인의 얼굴에 이상적인 남자의 가면을 씌우고 내가 찾던 그 사람이라고 착각하며 정열을 불태웁니다. 그 가면이 벗겨졌을 때 헤어졌던 남자와 다를 것이 없다는 것을 깨닫고 괴로워합니다.

잘못된 사랑을 피하라는 말은 하고 싶지 않습니다.

여자는 사랑을 통해 자신을 발견합니다. 사랑은 여자의 내면을 깊게 만들고, 사랑은 여자에게 지혜를 선물합니다. 사랑 때문에 괴로워하는 여자는 사랑해보지 못한 여자보다 아름답습니다. 그래서 여자는 사랑을 찾는 것입니다.

사랑은 무상

●●●●

인간의 사랑은 무상, 그 자체.

마음이란 수시로 변하는 것.

무상이라는 각오 없이 사랑을 믿었다간 배신당하고 1년 내내 억울해서 눈물만 흘리게 될 것입니다.

사랑은 반드시 식어버린다

●●●●

사랑은 반드시 쇠해집니다. 시간과 함께 식어버립니다. 불타오르는 정열은 언젠가는 재가 됩니다. 사랑의 성취 뒤에는 파국과 비극이 찾아옵니다. 외로움과 굴욕도 맛봅니다. 사랑하는 사람이 떠난 후에는 홀로 고독을 견뎌내야 합니다. 처음부터 지나가는 사랑이었다면 그 끝은 더욱 괴롭습니다. 나의 행복을 위해 다른 이가 상처 입었다면 그 상처의 두 배가 내게 돌아오는 것이 사랑입니다.

사랑을 택하기 전에 고통부터 각오해야 합니다.

연애의 자세

●●●●

연애를 시작했다면 진심으로 집중해야 합니다.

남자와 여자의 만남은 메아리와 다를 것이 없습니다.

크게 소리를 지르면 메아리도 큰소리로 화답해줍니다.

힘없이 건성으로 부르면 메아리도 맥없는 목소리로 대답합니다.

사랑하는 사람이 있고, 그에게서 사랑받는 것도 중요하지만 자유도 필요합니다. 자유가 없는 사랑은 행복하지 않습니다. 자유가 있다면 마음껏 사랑하고, 훗날 그로 인해 상처받더라도 다음 사랑으로 더욱 행복해집니다.

두려워할 필요가 없습니다.

상처를 두려워하는 사람은 사랑하지 못합니다.

가족의 풍경

●●●●

여행을 하다보면 땅거미가 내려앉은 거리를 지나갈 때가 있습니다. 골목 귀퉁이를 돌다가 집집마다 풍겨나는 음식냄새를 맡고 있으면 가정에 대한 애착이 없는 나 같은 사람마저도 걸음을 멈추고 단란한 가족의 풍경을 그려보게 됩니다.

불빛이 새어나오는 창문, 작게 들리는 부엌 물소리와 접시소리…. 그런 소리들이 한데 모여 내 마음속 어딘가에 숨어 있는 향수를 자극합니다. 이것도 여정의 일부겠지요.

나는 그런 어머니가 좋았습니다

●●●●

꾸짖는 까닭은 애정이 있기 때문입니다.

애정이 없으면 꾸짖고자 하는 정열도 생기지 않습니다.

진심으로 꾸짖으려면 정열과 에너지가 필요합니다.

부모의 진심이 느껴졌을 때 자녀는 진지해집니다.

나는 어머니와 정말 많이 싸웠습니다.

진심으로 화가 난 어머니는 어린 나를 어른처럼 생각하고 어른처럼 대하셨습니다.

나는 그런 어머니가 좋았습니다. 나의 인격을 인정해주고 온 힘을 다해 화를 내는 어머니에게 친밀감을 느꼈습니다. 그런 모습을 볼 때면 어머니에게 사랑받고 있다는 실감이 느껴지곤 했습니다.

제일 먼저 생각나는 사람

●●●●

밤에 잘 때 사랑하는 사람을 생각합니다. 깨어난 순간에도 그 사람을 제일 먼저 생각합니다. 그것이 연애라는 과정이겠지요. 사랑도 좋고, 연애도 좋습니다. 나 외에 내 마음을 사로잡은 사람이 있다는 것, 그것이 살아가는 기쁨입니다.

진짜 행복

●●●●

나의 행복이 진정한 행복이 아님을 깨달아야 합니다.

모든 사람이 행복해지지 않는 한 나의 삶에 진정한 행복은 찾아오지 않습니다. 인간은 더불어 살고 있습니다.

당신이 사랑으로 행복해하고 있다면 이보다 더 좋은 일은 없습니다.

당신도 모르는 사이에 당신의 행복한 마음이 주위 사람들에게 전해져 그들의 생활도 밝아집니다. 그것이 사랑의 진짜 힘입니다.

노부부의 사랑

●●●●

노년의 성애도 아름다울 수 있다고 생각합니다. 인생의 고비를 함께 버텨온 노부부가 자신의 육체로 상대방을 위로하며 끌어안는 모습은 오랜 세월 물살에 씻겨 모난 부분이 무뎌진 조약돌 위로 햇볕이 내리쬐는 것과 비슷한 이미지입니다.

나 자신의 하찮음에 절망할 때

인생의 갈림길에서

●●●●

남들처럼 평범하게 가정을 지키면서 평범한 삶을 보내고 싶다면 인생의 갈림길에 도착했을 때 가장 안전해 보이는 길을 택해야 합니다.

그 길에서 당신은 편하게 살 수 있고, 괴로운 일도 많지 않을 것입니다.

만약 남보다 세상을 더 많이 보고, 사람의 발길이 닿지 않은 곳에서 당신만의 보물을 찾고 싶다면 위험해 보이는 길, 위태로운 길, 무서운 길을 택해야 합니다.

단애절벽의 구렁에 서서 이쪽으로 떨어지면 몸이 산산조각 날 것 같다, 저쪽으로 떨어지면 짐승에게 먹힐지도 모른다…. 그처럼 두렵게만 보이는 길을 찾아서 발걸음을 옮겼을 때 인간의 마음은 자신의 내부에서 재능이라는 것을 찾아냅니다.

내가 소설을 쓰는 이유

●●●●

지난 반생동안 하고 싶은 것은 모두 하면서 살아왔습니다.

세상의 도덕도, 다른 이의 시선도 의식하지 않았고, 사람들의 불행에도 눈을 돌리지 않고 오직 나만을 생각하며 인생길을 배회했습니다. 과거의 나는 세상에 미련이 없었던 모양입니다. 생에 대한 집착도 없었고, 나의 생명뿐 아니라 모든 사물에 대해 관심이 없었습니다.

사랑하는 사람과 헤어져야겠다는 결심이 서면 몸에서 비늘을 훑어내듯 사랑도, 미련도 남기지 않고 떼어버렸습니다.

이런 내가 소설을 쓰는 것은 과거의 나를 부끄러워하기 때문입니다.

나의 하찮음에 절망할 때

●●●●

진고지(神護寺, 일본의 고찰—옮긴이)의 약사여래(중생의 병을 고친다는 여래)는 보는 사람을 불쾌하게 만들 정도로 근육질의 육체를 자랑한다.

울퉁불퉁 솟아오른 육체의 데포르메(자연형태를 예술적으로 변형함), 준엄하면서도 어둡고 차가운 표정 등은 여래라는 단어에서 풍겨야 할 자비와 사랑과는 거리가 있어 보인다.

인간의 하찮음과 갖가지 범죄를 꿰뚫어보듯 위로 찢겨 올라간 눈빛은 관람객들을 오싹하게 만들기 일쑤다.

그러나 이보다 훌륭한 불상은 없다.

사진으로 봤을 때와 금당에 무릎을 꿇고 우러러봤을 때의 정취는 완전히 달랐다.

나는 이 약사상을 좋아한다. 마음이 약해지거나, 심신이 피곤하거나, 기력이 쇠해졌을 때, 혹은 외로워서 견딜 수 없을 때 남몰래 진고지에 들러 이 힘찬 약사상 앞에 내 몸을 던져본다.

나의 하찮음에 절망하며 바닥에 널브러지는 그 순간 재생의 힘이 솟아오른다.

연약한 심신으로 절망을 헤매는 자들에게 여래는 다정한 포옹을 허락하지 않는다. 대신 인간은 고독한 중생이며, 죽는 날까지 번뇌의 자식이라는 신분에서 벗어날 수 없다는 진리를 마음속 깊은 곳에서 깨닫게 해준다.

삶을 지탱하는 유일한 방법

●●●●

마음이 총명한 사람, 생각이 깊은 사람은 태만을 경계합니다.

혼자 태어나 혼자 죽어가는 인간은 자신을 의지하며 단련시키는 것만이 삶을 지탱하는 유일한 방법입니다.

누군가를 위해 내 힘이 필요함에 감사하라

●●●●

남편과, 아이, 부모님, 혹은 사랑하는 사람을 위해서 온힘을 바치고 있다는 생각에 화가 날 때도 있습니다.

그 사람을 위해서가 아니라 내가 좋아서 내 마음이 시키는 대로 살아가는 것이라고 생각한다면 화가 나지 않습니다.

그리고 실제로도 좋아하고 있습니다.

세상에는 힘을 다해 돌봐주고 싶어도 상대가 없는 사람이 많습니다.

결혼하고 싶어도 좋은 상대를 만나지 못하는 사람이 있고

결혼상대가 죽어버린 사람도 있습니다.

누군가를 위해 내 힘이 필요하다는 상황에 감사해야 합니다.

어떤 상황에서도 나를 포기해서는 안된다

●●●●

아무런 의미 없이 이 세상에 존재하는 것이 아닙니다.

어린아이든 어른이든 각자 맡은 역할이 있습니다.

한신(阪神) 대지진을 겪은 노인들은

"이런 일을 겪으면서까지 살고 싶지 않다."

는 말씀을 자주 합니다.

하지만 넓게 생각해보면 지진에 의한 재해로 고생하시는 노인분들을 보았기에 오늘날의 젊은 세대들은 재해를 대비해 경계심을 갖게 되었습니다.

재해가 이토록 무서운 것이구나, 나에게도 언제든지 일어날 수 있겠구나, 어려움에 처한 분들을 도와야겠구나, 라고 생각하게 되는 것입니다.

어떤 상황에서도 나를 포기해서는 안 됩니다.

이곳에 내가 있어서 누군가를 도와줄 수 있고, 위로할 수 있고, 힘을 북돋아줄 수 있고, 행복하게 만들어줄 수 있습니다.

허무할 때

●●●●

사는 것이 '허무하다' 면서 나를 찾아오는 사람들이 있습니다. 그런 말을 할 때면 다들 눈물을 흘립니다. 생활의 헛됨에 몸부림이 쳐지는 사람이라면 그 같은 헛됨의 밑바닥에 무엇이 숨어 있는지 반드시 확인해야 합니다. 감정의 밑바닥에서 무엇인가를 길어올려야만 합니다. 인간에겐 자위본능이라는 것이 있습니다. 물에 떠내려가다가도 바닥에 발이 닿으면 순간적으로 바닥을 차고 물 위로 떠오르려고 합니다. 내 삶을 예로 들자면 강바닥을 발로 차고 떠오르자 눈앞에 '출가' 라는 튜브가 던져졌던 것입니다.

자살은 생각도 마십시오

●●●●

자살은 생각도 하지 마십시오.

작게만 여겨지는 자신의 존재가, 이 세상에 단 한 명뿐일지라도 좋습니다, 그의 마음에 더없이 따사로운 햇불처럼 소중한 것이 된다면 당신은 반드시 존재해야 할 명분이 있습니다.

많은 사람이 아니더라도 괜찮습니다. 단 한 명으로 족합니다. 집에서 키우는 강아지라도 좋습니다.

내가 없으면 이 녀석 밥을 챙겨줄 사람도 없어,

이마저도 삶의 이유가 되고 보람이 됩니다.

곳곳에 당신이 살아가야 할 이유와 보람이 숨어 있습니다. 그것을 발견하며 생존하는 것이 우리의 사명입니다. 하늘이 정해놓은 수명에는 그럴 만한 이유가 있는 법입니다.

나는 무엇을 좋아하는가

●●●●

자기 속에서 표현되기를 기다리는 생명의 신음소리를 듣지 못한다면 창조는 불가능합니다. 내 안의 신음을 듣기 위해서는 스스로를 갈고닦는 고행이 필요합니다. 먼저 내가 무엇을 좋아하는지부터 파악합니다. 어떤 일을 했을 때 기분이 좋아졌는지를 확인하는 것입니다. 이런 시험을 통해 내가 가장 좋아하는 것으로 생각했던 그 일이 실제로는 두 번째였고, 그 일보다 더 좋아하는 일이 있었음을 깨닫게 되는 경우가 많습니다.

나에게 지지 않는 방법

●●●●

매일처럼 바쁜 나에게 지지 않는 방법을 고안해냈습니다.

어차피 인연으로 맡게 된 이상 일의 종류를 가리지 않고 반가운 마음으로 일합니다. 마지못해 하는 일에 정열이 솟아날 리 없습니다. 정열 없이는 어떤 일도 성공하지 못합니다.

일의 시작에 앞서 반드시 해낼 수 있다, 예상보다 더 많이 해낼 수 있다, 라고 나 자신에게 암시를 줍니다. 성공하는 것이 당연하기에 그 과정에 기쁨이 넘칠 것이라고 나를 설득합니다.

그러면 당장이라도 시작하고 싶어 육체와 정신에 생기가 감돕니다.

무엇보다도 부처님이 나를 지켜주고 있다는 믿음에 영혼이 안도합니다.

그 때문인지 약간의 우여곡절은 있더라도 결과가 늘 좋습니다.

자기의 자리를 지켜야 하는 이유

●●●●

세상을 커다란 뜨개질에 비유해보면 어떨까요.

뜨개질은 한 땀 한 땀 정성껏 바느질을 놓아야 합니다.

오른쪽 코와 왼쪽 코와 위쪽 코와 아래쪽 코가 차례로 이어져

따뜻한 머플러와 훌륭한 테이블보가 완성됩니다.

당신은 그 뜨개질의 한 코입니다.

한 땀을 놓치면 큰일입니다.

상하좌우의 많은 뜨개질 코에 폐를 끼치게 됩니다.

작아 보여도 당신의 자리를 지켜야 합니다.

세상보다는 작아 보여도 당신의 존재가 있기에 이 세상이 완성됩니다. 분발하십시오.

인생이란

헤어짐

●●●●

헤어짐은 1분 후를 알지 못합니다.

1분 후에 사랑스런 고양이가 아끼던 꽃병을 떨어뜨려 깨뜨릴지도 모릅니다. 그것이 헤어짐입니다.

사라지는 이 순간도 헤어짐입니다.

순간순간 마음을 다해 진지하게, 후회 없이 살아가야 합니다.

비밀

●●●●

허물없이 친한 사이여도 서로의 마음속에는 비밀이 있습니다. 그 비밀을 존중할 줄 알아야만 한 집에서 살 수 있습니다.

완벽한 평등

●●●●

태어난 곳과 신분은 다르더라도

똑같이 흙속으로 돌아가거나 바다로 사라집니다.

이보다 더 완벽한 평등이 또 있을까요.

여행

●●●●

여행은 사랑과 비슷합니다.

여행을 좋아하는 사람은 모두가 시인입니다.

우리에게 허락된 마지막 여행은 죽음입니다.

죽음은 돌아오지 않는 여행이라고 노래한 시인은 어느 나라 사람이었던가요.

거짓

●●●●

인간은 숨을 내쉴 때마다 거짓을 토하며 살고 있는 존재입니다. 해가 더할수록 자꾸만 그런 생각이 듭니다.

부부

●●●●

부부 사이, 또는 가정은 남편과 아내가 진심으로 전력투구하며 서로를 지켜주고, 애정을 쌓아나가지 않으면 유지될 수 없습니다. 결혼생활의 성취는 인간이 전력을 다해 지킬 만한 가치가 있는 매우 어려운 사업입니다.

또 하나의 능력

●●●●

속는 것도 능력입니다. 잘 속는 사람을 볼 때마다 귀한 은총을 받았구나, 라는 생각이 듭니다.

세상만사가 너무도 선명하게 잘 보여서 한 치의 틈도 허락하지 못한다면 살아가는 희망도 없을 것입니다.

기도

●●●●

아무런 노력도 하지 않고 다만 도와달라, 무엇인가를 달라고 기도하는 것은 인간의 어리광입니다.

내일에 대한 준비

●●●●

언젠가는 죽게 될 그날을 떠올리며 오늘 하루도 무사히 세상을 살아갈 수 있었음을 진지하게 생각하는 것이 내일에 대한 준비입니다.

정명

●●●●

정명이라는 단어를 좋아합니다.

인간에겐 정명이 있습니다.

료칸(일본의 유명한 선승—옮긴이)이 말한

“죽어야 할 때 죽는 것이 좋다.”

입니다.

평범한 사람

●●●●

우리는 죽을 때까지 평범한 사람이고, 미혹과 번뇌의 덩어리입니다.

죽고 싶지 않다면서 울부짖는 모습을 부끄러워하지 않아도 됩니다. 그 몸부림에 인간의 냄새가 배어 있습니다.

권태기

●●●●

한때 권태기라는 말이 유행했습니다. 결혼뿐 아니라 직장생활에서도, 일상생활에서도 권태기가 반복해서 찾아온다고 토로하는 사람들이 많았습니다.

생활에 민감하고, 매사에 의욕적이고, 꿈이 클수록 권태기의 출현이 빈번해지고 농도도 짙어지는 것 같습니다.

지금이 권태기라고 느껴진다면 자신을 속이지 마십시오. 진지하게 현재의 나와 부딪혀서 극복해주십시오.

산 하나를 넘으면 저 너머에 또 다른 산이 보입니다. 그것이 인생입니다.

고생

●●●●

고생을 고통으로 받아들이는 생활은 살아도 재미가 없습니다.

이것이 내 몫임을 깨달았을 때 호불호를 가리지 않고 세상에 이보다 더 즐거운 일은 없다고 나 자신을 타이르며 부딪쳐봅니다.

타고난 천성이 낙천적이어서 고생을 고통으로 받아들이는 것이 견딜 수 없을 만큼 고통스러워 이렇게 대처하는 것인지도 모르겠습니다.

이것이 나만의 처세법입니다.

후회

●●●●

만일 그 사람을 만나지 않았다면….

만일 그 사람과 결혼하지 않았다면….

훗날 이런 생각을 해봐야 달라지는 것은 없습니다.

운명은 어쩔 도리가 없습니다.

만물이 유전하는 법칙에서 일개 개인의 운명은

우주의 눈에는 보이지 않는 티끌에 불과합니다.

그래도 사람들은 이 땅에서 뒹굴며 괴로워합니다.

울음

●●●●

몹시 고통스러워하는 사람이 나를 찾아왔습니다.

"슬프시죠? 괴롭지요? 마음이 풀릴 때까지 실컷 우세요."

라는 말 외에는 해줄 말이 없었습니다. 그렇게 말하고는 나도 같이 울었습니다.

그의 마음에 녹아들어 함께 우는 것밖에는 내가 할 수 있는 일이 없었습니다.

옛날 어느 훌륭한 고승께서도 이런 말씀을 하셨습니다.

"슬퍼서 울고, 괴로워서 울라고 눈물이 있다. 실컷 울어라."

우리의 삶을 채워주는 소중한 진리라고 생각합니다.

고통스럽다면, 너무나 슬퍼서 견디지 못하겠다면 그 고통이 사라질 때까지, 아니, 잊혀질 때까지 울어버리면 됩니다.

운명

●●●●

인간의 운명은 다양합니다.

하느님은 공평한 분입니다. 어느 한 사람에게만 축복을 내려주시지는 않습니다.

삶은 아주 긴 시간입니다. 어떤 사람이든 좋은 날과 나쁜 날이 번갈아 찾아옵니다.

비가 한 달 내내 계속되지는 않습니다. 비가 그친 하늘은 그 어느 때보다 새파랗습니다.

살다보면 파랗게 갠 하늘과 만나게 되는 날이 반드시 찾아옵니다.

단지 그 하늘이 계속되지 않을 뿐입니다. 그것을 무상이라고 합니다.

기쁨

●●●●

마음이 활발해질수록 괴로움도 깊어집니다.

기쁨에는 괴로움이 따르는 법입니다.

이승은 화택(火宅, 이승의 번뇌를 불난 집에 비유하는 말—옮긴이)이라는 이치도 모르고 고통 속에 머무르는 것이 사는 길이라고 착각합니다. 우리들 중생의 감춰지지 않는 본색입니다.

교만

●●●●

절망하기 전에 희망을 버려서는 안 됩니다.

그것은 교만입니다.

불가능

●●●●

정열의 지스러기로는 무엇 하나 해내지 못합니다.

아무도 찾지 않는 낡은 암자를 5년 내에 부흥시키겠다든가, 정원의 절반도 채워지지 않은 여대를 4년 내에 명문으로 일으키겠다고 다짐합니다. 말은 쉬워도 결사적인 몸부림 없이는 불가능한 일들입니다.

인생도 마찬가지입니다. 매순간이 고비이며, 불가능해보입니다.

정열의 흉내만으로는 아무것도 이루어지지 않습니다.

행복

●●●●

입으로 행복하다고 말하는 것처럼 쉬운 일이 없고, 진심으로 행복해지는 것처럼 어려운 일이 없습니다.

최고의 가르침

●●●●

우리는 누구나 죽음을 두려워합니다.

내가 죽음을 두려워하듯 남들도 죽음을 두려워합니다.

살생하지 말라는 가르침이야말로 이 세상 최고의 가르침입니다.

비움

●●●●

버리지 않으면 받아야 될 것도 받지 못합니다. 비우지 않으면 들어갈 장소가 없습니다. 여기를 비우면 저기에 원하던 것이 생깁니다.

인연

●●●●

인연에 대해 생각해봅니다. 우리의 삶은 인연으로 시작되어 인연에 의해 이루어지고 있습니다.

예를 들어 집에 감나무가 있다고 합시다. 그 감나무는 처음부터 그 자리에 있던 것은 아닙니다.

누군가가 먹고 뱉은 감씨가 그곳에 떨어졌고, 씨는 땅 속의 영양과 태양과 비를 양분으로 뿌리를 내렸습니다. 이렇게 해서 감씨가 감나무로 성장하는 인연이 발생합니다.

감씨라는 인(因)에서 연(緣)이 작용하고, 그 결과로 열매가 맺힙니다. 열매는 과(果)라고 합니다. 인과(因果)의 과입니다.

원인에서 인연이 작용하고 결과가 비롯됩니다.

이것이 인과의 법칙이며, 세상만물을 이 법칙으로 설명할 수가 있습니다.

용서

●●●●

모든 종교의 궁극적인 목표는 용서의 배움에 있습니다.

용서란 내가 하는 것이 아닙니다. 초월하는 것이 용서이며, 존속시키고 있는 용서입니다. 아득한 현세에서 끝없이 유전되는 숱한 삶들을 슬픈 눈으로 지켜봐주는 것이 진정한 용서입니다.

타인의 고통

●●●●

석가나 그리스도의 존귀함은 타자의 고통을 자신의 고통으로 받아들인 데 있습니다. 그 깊은 온정이 사람을 살린 데 있습니다. 우리는 그 온정을 사랑, 혹은 자비라고 부릅니다. 평범한 우리들로서는 감히 따라할 수도 없는 희생입니다.

현대교육은 나의 이익과 행복을 추구하라고 가르쳐왔습니다. 오늘날의 황폐화된 인심은 자기 이익만을 추구해온 대가인 셈입니다.

전쟁터에서 죽은 사람과, 지진으로 목숨을 잃은 사람과, 비행기 사고로 원통하게 눈을 감은 사람은 그들의 죽음으로 살아남은 자들에게 인생의 경종을 울리고 있습니다. 보지 못했던 것을 보게 해주고, 몰랐던 것을 알게 해주고, 잊었던 것을 생각나게 해줍니다. 그로 인해 남겨진 자들의 삶은 더욱 온전해집니다.

모든 죽음이 고귀한 희생입니다. 그들의 영혼이 성화되어 우리의 세상을 비춰주고 있다고 나는 굳게 믿습니다.

멍청함

●●●●

멍청해졌다면 부처의 길에 한 발 더 다가섰다는 뜻으로 이해하십시오.

인과응보

●●●●

비참한 죽음이 그의 악업(惡業, 전세에서 나쁜 짓을 한 업보—옮긴이)에 대한 응보라면 이 세상에서 가장 비참하게 죽은 히로시마, 나가자키의 원폭희생자들은 어떻게 설명해야 될까요? 그들 중에는 어린 아기들도 있었습니다.

전쟁에서 생명을 잃은 모든 사람들은 비참하게 죽어야 마땅한 악업을 쌓았던 것일까요?

전쟁에서 살아남은 우리는 선업(善業)을 쌓았기 때문이라고 말할 수 있을까요?

나는 불교에 귀의한 사람이지만 인과응보의 참뜻을 이런 형태로 납득하지는 못할 것 같습니다.

치유

●●●●

행자들이 순례길에서 눈물과 땀을 흘리고, 길을 더듬어 목적지를 찾는 사이에 마음속 아수라를 달래게 되고, 슬픔의 치유를 경험하는 것은 비일상적인 생활과 세속에서 빗겨나간 성스러운 시간들이 불가사의하게 작용한 결과인지도 모르겠습니다. 은혜라고 믿어지는 그것이 이런 불가사의함인지도 모르겠습니다.

깨달음

●●●●

살아 있는 동안 깨닫지 못하더라도 체념하지 마십시오. 인간은 죽을 때까지 망집(妄執)의 중생이라는 반성만 할 수 있다면 우리는 눈에 보이지 않는 다음 세계를 이미 준비한 것입니다.

방황

●●●●

부처님은 인간의 방황을 알고 있습니다.

번뇌즉보리(煩惱卽菩提)라는 말이 있습니다.

헤매고 또 헤매는 오욕번뇌미망(五欲煩惱迷妄) 끝에 극락정토를 보게 된다는 뜻입니다.

많이 방황할수록 정토에 가까워진다는 뜻으로 받아들이고 있습니다.

인내

●●●●

참고 견디는 것과 희생은 다른 의미입니다.

인내에는 의지가 있습니다. 그러므로 인내에는 삶의 의욕이 스며 있습니다.

삶이란

●●●●

삶이란 죽는 그날까지 자신의 가능성을 포기하지 않고
주어진 재능과 주어진 나날을 갈고닦는 노력입니다.

사랑

●●●●

누군가를 사랑하는 마음이야말로 생명의 불입니다.

그 불길이 자기밖에 태울 수 없는 화력이라고 해도 존귀합니다.

재가 되기보다는 불이 되는 편이 살아 있는 자의 자세입니다.

사랑한다는 증거

●●●●

사람을 사랑하는 증거는 결점도 장점으로 봐주는 데 있습니다.

남의 고통을 헤아릴 줄 아는 사람이 되는 것만으로도 사랑의 고뇌를 이겨낸 것처럼 행복해집니다.

본분

●●●●

하느님이 정한 수명을 우리는 어떻게든 살아내야 합니다.

큰 병을 앓더라도, 가장 사랑하는 사람이 먼저 떠났더라도 우리는 주어진 기간을 살아야 합니다.

주어진 수명은 받아들이고, 기력을 다해 숨을 거둘 때까지 이 세상을 살아가는 것이 태어난 자들의 본분입니다.

여자

●●●●

정년을 맞은 남편에게 집을 맡기고 아내들은 갑자기 생기발랄해지며 지금까지 억제해온 자신의 재능에 눈을 뜨곤 합니다. 나이든 후에야 자신의 소질을 찾게 되어 큰 성과를 거두기도 합니다. 남자에겐 쇠퇴가 있지만 여자에겐 쇠퇴가 없기 때문입니다.

행복

●●●●

아무 걱정 없이 엄마 젖을 물고 있는 건강한 갓난아기야말로 행복에 대한 최고의 상징입니다.

행복과 불행

●●●●

사람들은 자신이 겪은 불행이 이 세상에서 가장 슬프다고 생각합니다. 그리고 이 세상에 불행과 똑같은 수의 행복이 있다는 사실을 인정하려고 하지 않습니다.

그래서 불행할 때는 1을 10으로 생각하고, 행복할 때는 당연하다는 듯 10을 1처럼 생각하곤 합니다.

시간의 위력

●●●●

시간은 고통을 치유해주는 약입니다. 시간이라는 약은 모든 슬픔을 치료해줍니다. 환자가 깨닫지 못하도록 조용히 다가와 상처받기 전의 모습으로 되돌려줍니다.

슬픔이 밀려오고 있다면 그 시간이 지나갈 때까지 기다리는 것이 지혜입니다.

책임

●●●●

성경 말씀 중 "원수 갚는 것이 내게 있으니 내가 갚으리라."라는 말씀이 있습니다.

나는 이 말씀을 '자업자득'으로 해석하여 스스로를 납득시켰습니다.

자신의 선택은 자신이 책임져야 한다고 해석한 것입니다.

궁지에 몰려 앞이 아득해졌을 때 나를 구해주는 것은 타인의 위로나, 동정, 격려가 아닙니다.

모든 것이 '자업자득'입니다. 모든 책임이 내게 있습니다.

늙음

●●●●

모든 것이 늙고 멸망의 길을 걸어가는 운명 속에서 오직 하나, 늙지 않고 멸망하지 않는 것이 있습니다. 불법(佛法)입니다. 법구경에 나오는 진리의 가르침입니다. 석존이 설도한 것은 바로 이것입니다. 스물아홉에 집을 떠난 석존은 전국을 행각하며 사람들을 고통에서 구제하기 위해 올바른 가르침을 설파하고, 팔십에 병으로 쓰러져 입멸했습니다. 그의 죽음 앞에서 어떤 기적도 일어나지 않았습니다. 보통 사람과 똑같은 죽음을 맞이했습니다. 최후의 여행길에서 석존은 "나는 이제 늙어버렸다. 내 몸은 폐차처럼 낡은 가죽끈으로 묶어둔 데에 불과하다. 아, 이제는 정말 지쳤다."

라고 술회했습니다. 서글프면서도 애정이 솟는 말입니다. 석존도 우리와 똑같은 인간이었고, 인간답게 늙음에 순종했습니다. 우리도 두려워할 필요가 없습니다. 대신 만반의 준비를 갖추고 늙음의 날을 맞이하도록 합시다.

'가출' 과 '출가'

●●●●

'가출' 과 '출가'

공통점은 갖고 있는 것을 버린다는 점입니다.

'물질' 에 집착하는 사람이라면 둘 중 하나도 불가능합니다.

'물질' 이란 물심양면입니다.

불행의 순간, 그리고 선물

사람을 미워하는 것

●●●●

108은 단순한 숫자가 아닙니다. 불교에서의 108은 무한을 의미합니다.

섣달 그믐날 종을 108번 두드리는 것은 인간의 삶에 따라붙는 번뇌를 깨뜨린다는 것을 의미합니다. 108번이라는 횟수는 번뇌의 횟수가 무한하다는 것을 뜻합니다. 마음을 깨끗이 비우면 번뇌가 사라집니다. 사람을 미워하지 않게 됩니다. 사랑할 수밖에 없게 됩니다. 누군가를 도와주고 싶습니다. 이렇게 마음을 길들이면 더 이상 괴롭지 않습니다.

석가님이 깨달은 것도 결국은 이런 마음이라고 생각합니다.

수많은 번뇌 중에서도 사람을 미워하는 것이 가장 괴롭습니다.

그 사람을 미워하고 싶지 않다면 그 사람의 장점을 발견해야 합니다.

어떤 사람이든 칭찬받을 만한 장점이 하나쯤은 있을 겁니다.

장점과 단점은 안과 겉의 구분에 불과합니다. 겉에서 단점이 보인다면 안에서 장점을 찾고, 안에서 단점이 보인다면 겉에서 장점을 찾습니다.

그 사람이 변할 필요는 없습니다. 당신의 시점이 조금만 바뀌면 됩니다. 당신이 변해야 관계가 풀립니다.

누군가를 미워하며 잠자리에 드는 것보다 괴로운 밤은 없습니다. 당신을 위해서라도 그를 좋아해야 합니다.

나를 위해서라도 미워하지 마라

●●●●

겨울 뒤에 봄이 오듯 우리들의 슬픔과 고통이 영원하지는 않습니다.

잊지 못할 것 같았던 슬픔과 고통도 어느 날 문득 깨닫고 보면 바래져 있습니다.

사무치는 고통에도 사흘을 굶지는 못합니다. 울면서 밥을 먹고 울면서 목욕합니다.

이것도 다 하늘의 은총입니다.

밥을 먹어야 하고, 씻어야 하고, 웃어야 하기에 우리는 먼저 떠나간 자들의 영혼을 잊을 수 있는가 봅니다.

누구나 도피를 꿈꾼다

●●●●

내가 속해 있는 세계에서 어느 날 갑자기 모습을 감추고 낯선 세계에 떨어져 새롭게 인생을 펼쳐보고 싶다고 꿈꿔보지 않은 사람이 있을까요.

나약하기에 도피를 꿈꾼다고 비난하지 마십시오. 때로는 마음이 너무나 강해서 굴레를 견뎌내지 못하는 사람도 많습니다.

마음의 상처가 사람을 허무하게 만들 때도 있고, 태아시절 어머니의 태내에 뜨거운 무언가를 빠뜨리고 태어나 마음의 공동(空洞)을 평생토록 짐처럼 안고 사는 사람도 있습니다.

심장에 구멍이 뚫린 갓난아기라면 의사의 손길이 도움을 주겠지만 마음에 구멍이 뚫린 갓난아기라면 아무도 그의 상처를 깨닫지 못합니다.

운치 가득한 사람과 마주칠 때

●●●●

기계로 본을 뜬 컵처럼 획일적인 사람들 속에서 간혹 손수 만든 찻종처럼 운치 가득한 사람과 마주치곤 합니다. 찻종 하나를 만드는데 수많은 땀방울이 필요하듯 그의 생에서 운치가 느껴지기까지 얼마나 많은 고행과 노력과 피와 땀과 눈물이 필요했을까요.

내가 특별히 친밀감을 느끼는 여자는

●●●●

내가 특별히 친밀감과 우정을 느끼는 여자는 자신의 길을 똑바로 걷는 여자, 절대로 잘못된 길에 발을 들여놓지 않는 완벽한 여자가 아니라

심적인 죄의식에 괴로워하고, 잘못을 저지르고 스스로 상처받고, 어리석은 눈물을 흘리는 이 시대의 평범한 여자들입니다.

그녀들을 위해 나는 소설을 쓰게 됩니다.

흙부처를 바라보며

●●●●

언젠가 우연히 흙덩이를 주물럭거린 적이 있습니다.

심야에 어떤 일을 골똘히 생각하면서 무심결에 흙을 주무른 것인데 한참을 그러다 보니 날선 신경이 가라앉고 기분이 한결 편해졌습니다. 누구에게 가르침 받은 것도 아닙니다. 흙을 반죽해 형상을 만들고, 이쑤시개로 부처님의 얼굴을 새겨봤을 뿐입니다. 관음과 지장보살의 손바닥 위에 올려놓으면 딱 알맞아 보이는 장불(掌佛)이라고나 할까요.

눈코입을 새겨놓고 보니 언뜻 미소 짓는 것처럼 보여 나도 모르게 따라 웃었습니다. 나는 완전히 정신이 팔렸습니다. 시간과 공간이 사라지고 나를 아끼는 영혼들과 함께 광활한 천공을 노니는 기분이었습니다.

몇 개의 흙부처가 완성되었습니다. 다들 자비로운 눈길로 나를 바라보고 있습니다. 뜻하지 않은 법열(法悅)과 정복(淨福)의 한 때가 더없이 반가웠습니다.

엉겁결에 내가 만든 흙부처들에게 합장하고 반야심경을 외웠습니다.

이런 세상을 살아간다는 것이야말로

●●●●

끔찍하고도 두려운 사건을 접한 사람들은 이 세계가 지옥이라고 말합니다. 사람들의 한탄을 들을 때마다 이런 생각이 듭니다. 여기가 지옥이라면 우리에겐 아직 기회가 남아 있다고. 우리가 이런 세계를 살아가는 것이야말로 지옥을 변화시키는 희망이라고.

내 삶에 마지막 때가 찾아오는 그날까지 있는 힘껏 살고 싶습니다.

내가 선택한 길

●●●●

내게 주어진 재능의 한계를 살아 있는 동안 최선을 다해 확인하고 싶습니다. 그것이 내 노력의 본질입니다. 나는 대단한 예술가가 아닙니다. 그래도 한 가지, 예술가로서 지켜온 것이 있습니다. 가정을 버린 후 인생에서 지금껏 몇 번의 갈림길이 있었습니다. 그때마다 나는 가장 위험한 길을 선택했습니다. 그래서 고생도 많이 했습니다. 하지만 예술가로서 내 선택을 단 한 번도 후회하지 않았습니다.

스스로 죽음을 택한 자들의 영혼

●●●●

미시마 유키오의 자살에 충격을 받은 많은 사람들이 죽음과 마주하며 살고 있다는 것을 깨닫게 되었습니다. 고백컨대 미시마 씨보다 내가 더 먼저 자살했을지도 모릅니다. 자살에 필요한 결단으로 나는 출가를 택했습니다. 자살과 출가는 엄연히 다릅니다. 하지만 출가한 이후로 살아 있는 사람보다 죽은 자들, 특히 스스로 죽음을 택한 자들의 영혼이 더 친근하게 느껴지는 것이 솔직한 심정입니다.

불치병을 앓더라도

●●●●

불치병을 앓더라도 눈을 감는 그 순간까지 노력하십시오.

사람의 생명은 그럴 만한 가치가 있습니다.

고통과 비애를 동반하더라도 사람과 함께

●●●●

아직 나는 살아 있습니다.

살아 있기에 여러 사람과 뜻하지 않은 만남을

이 길 위에서 겪게 될 것입니다.

동시에 수많은 헤어짐도 받아들여야 합니다.

사람을 좋아하고, 그래서 소설을 쓰기 시작한 나로서는

사람과의 만남이, 가령 고통과 비애를 동반하더라도

내가 살아 있다는 최고의 증명이자 삶에서 누릴 수 있는 가장 큰 기쁨과 아름다움으로 여길 수밖에 없습니다.

사람처럼 그립고, 사람처럼 사랑스럽고, 사람처럼 슬픈 존재는 없습니다.

원망보다 용서

●●●●

오랜만에 지인이 찾아왔습니다. 3년 전 처음 만났을 때만 해도 그 아름다운 얼굴에서 표정을 찾아볼 수가 없었고, 짙은 수심이 그늘처럼 드리워져 있었습니다. 이번에 만났을 때는 더없이 환하게 웃고 있습니다. 3년 전에는 젊은 연인에게 배신당해 그를 죽이고 자살할 결심을 했었다고 합니다. 한창 괴롭고 힘든 시기에 나를 만난 것이었습니다.

"시간이 약이었어요. 원망하는 것보다 용서해주는 게 훨씬 편했어요. 기억하고 싶은 추억들이 남지 않았느냐고 지금은 감사하고 있어요."

원망하는 마음

●●●●

"딸이 죽었을 때도 저 세상이 있다고는 믿어지지 않았습니다. 처음 시집올 때도 종교는 믿지 않았습니다. 시어머니가 매일 아침저녁으로 불단 앞에서 경을 외우곤 하셨는데 성격이 괴팍하셔서 며느리를 구박하는 것이 사는 보람처럼 생각되는 분이었습니다. 남편과 살면서 몇 번이나 도망치려고 했습니다. 시어머니가 여든둘에 중풍으로 돌아가셨는데 솔직히 후유, 하고 한숨이 나왔습니다. 그때도 저 세상이 있다고는 생각하지 않았습니다. 시어머니가 생전에 죽은 딸을 무척 아끼셨습니다. 그래서인지 시어머니가 돌아가시자 딸이 무척이나 슬퍼했습니다. 이번에 순례하면서 깨닫게 되었는데 딸의 명복을 빌 때마다 어느새 시어머니의 명복도 함께 빌고 있는 나를 발견하게 되었습니다. 이런 제 마음이 순례의 은혜라고 생각합니다. 남을 원망하는 마음만큼 괴로운 것도 없었습니다."

성지를 참배하다가 우연히 만난 어느 부인에게서 들은 말입니다.

분노를 참고 있는 내 모습

●●●●

인욕(忍辱, 욕됨을 참고 견디어 마음을 움직이지 않는다는 뜻—옮긴이)을 속으로 외쳐본들 화는 쉽게 가라앉지 않습니다. 눈앞의 상대방을 산산조각내고 싶은 분노에 치가 떨립니다.

사람 때문에 화가 나는 이유는 나라면 저 사람처럼 하지 않았을 것이다, 라는 생각, 즉 상대방의 무지와 파렴치함을 견디지 못하는 내 안의 교만 때문입니다.

그럴 때마다 나는 거울을 들여다봅니다.

억지로 분노를 참고 있는 내 얼굴은 그야말로 도깨비 같은 형상입니다. 내면에 분노가 가득한 인간의 얼굴은 체내의 독소 때문에 피부가 검붉게 물들고, 눈빛이 탁해지고, 눈초리가 치켜 올라가고, 입술은 비뚤어집니다.

그런 내 얼굴을 보는 것만으로도 끔찍스럽습니다. 두 번 다시 보고 싶지 않은 얼굴입니다.

분노로 괴로울 때

●●●●

아직도 성정에 부족한 점이 많아서 어디선가 모욕을 당하면 화를 참지 못합니다. 분노로 괴로워진 마음을 이끌고 수호불을 모신 사당으로 달려가 일편단심 기도합니다. 날뛰는 마음 때문에 기도도 제대로 못합니다. 결국 경을 찾아 읽습니다.

내가 귀의한 천태종의 경전인 법화경을 주로 읽습니다. 처음에는 분함을 누르지 못하고 큰소리로 글자만 따라 읽는데, 그렇게 몇 장을 넘기다보면 어느새 목소리가 안정되고 호흡도 편안해집니다. 경전을 덮고 좌선을 시작합니다. 마음이 무겁게 가라앉고 나뭇잎을 스치는 바람소리, 이름 모를 작은 새의 지저귐까지 모두 들립니다. 심산유곡에 혼자 앉아 있는 기분입니다. 무엇 때문에 성이 났는지, 죽여도 시원치 않을 만큼 원망했던 사람이 누구였는지를 잊게 됩니다.

마음을 움직이게 하는 것은 마음

●●●●

결혼 후 베이징에서 지냈던 적이 있습니다. 남편이 출정(出征)하게 된 지 얼마 안 되어 집에 돈이 떨어졌습니다. 아마(외국인에게 고용된 중국인 하녀)인 춘닝(春寧)에게 월급을 줄 수가 없어서 집에 돌아가라고 했더니 이튿날 그녀의 할머니가 찾아왔습니다.

"어려울수록 돕고 사는 것이 벗이에요. 타이타이(太太, '마님'이라는 뜻)는 춘닝에게 돈을 안 줘도 돼요. 돈은 나중에 줘도 된답니다."

크리스천인 할머니는 나의 남편을 위해 일요일마다 양초를 한 아름씩 사서 교회에 가고 있으며, 촛불에 불을 붙여 타이타이 남편의 무사귀환을 기도하고 있다고 이야기해주었습니다.

나는 남편이 출정한 후 처음으로 소리 내어 울었습니다.

진정으로 아름다운 사람

●●●●

연설이 계속되고 노래와 춤으로 흥청거리는 회장의 한쪽 구석에서 옛 친구 한 사람과 조용히 이야기를 나누고 있었습니다. 그녀는 우리들 중에서 가장 아름다웠고 공부도 잘했습니다. 학급은 달랐지만 나와는 늘 전교 석차를 다투었던 라이벌이었습니다.

유복한 가정에서 태어났고, 어머니는 도쿠시마 시에서 제일가는 미인이었습니다.

졸업 후 누구보다 화려하게 살았을 것이라고 생각했던 친구였는데 중병에 걸린 남편을 돌보며 어렵사리 세 자녀를 키웠다고 합니다. 갓난아기처럼 혼자서는 아무것도 못하는 남편을 집에 두고 몇 십 년 만에 동창회에 나온 것입니다. 남편을 혼자 세 시간 이상 놔둘 수 없어 걱정이라던 그녀가,

"손발도 못써서 갓난아기처럼 일일이 먹여주고 돌봐줘야 해. 그런데 지금처럼 그이가 사랑스러웠던 적이 없어. 무슨 말인지 이해해?"

하고 부드럽게 웃으면서 속삭입니다. 나도 모르게 그녀의 손을 꼭 쥐었습니다. 표정에서 고생한 그림자가 보이지 않습니다. 학창시절보다 더 아름답게 빛나는 그녀의 얼굴을 물끄러미 바라보다가,

"넌 살아 있는 관음이야."

하고 속삭여주었습니다.

행복이란

행복한 사람 곁에 서면

●●●●

행복한 사람 곁에 서 있으면 행복의 체온이 전해져 내 마음도 따뜻해집니다.

얼굴만 있다면 누구나 할 수 있는 베풂

●●●●

보시(布施, 남에게 베풂—옮긴이)란 상대방이 바라는 것을 주는 행동입니다. 보시 중에는 물시(物施)도 있고, 심시(心施)도 있습니다.

그 중에서도 나는 안시(顔施)를 제일 좋아합니다.

누구를 만나든 싱글싱글 웃으며 부드러운 표정을 지어보입니다.

얼굴만 있다면 누구든지 가능한 베풂입니다.

꽃에도 귀가 있다

●●●●

암자를 세울 때 축하선물로 어깨까지 오는 벚나무를 받았습니다.

그런데 이 벚나무는 해마다 키만 자랄 뿐 도무지 꽃을 피우려고 하지 않았습니다.

마침내 나는 화가 나서

"이 바보가 내년에도 꽃을 피우지 않으면 그냥 잘라버려야지." 하고 나무 밑에서 발을 구르며 분해했습니다.

그리고 어떻게 되었을까요. 이듬해 봄 자쿠앙(寂庵, 작가가 세운 암자—옮긴이)의 벚나무 중 이 바보 벚나무가 제일 먼저 꽃을 피웠습니다. 축 늘어진 가지에 가득 피어난 꽃들은 밝은 흰색에 가까운 연분홍색으로 더없이 맑고 싱싱했습니다.

"꽃에도 귀가 있어요. 다음부터는 좀 더 부드럽게 말해줘요." 라고 부처님이 말씀하시는 것 같아 매일 아침 벚꽃을 올려다보며, "우리나라에서 제일 아름다운 나무가 너였구나!" 하고 칭찬해 주고 있답니다.

해야 할 일이 있는 생활

●●●●

산다는 것은 노동입니다.

나에게 알맞은, 또는 내가 할 수 있는 일을 내게 맡기고,

그 일로 남에게 도움을 준다….

그것이 생의 보람입니다.

해야 할 일이 있다는 생활보다 더 큰 감사의 조건은 없습니다.

행복의 순환

●●●●

행복해지고 싶다면 타인에게 사랑받는 것이 가장 빠릅니다. 그 전에 내가 나를 사랑해야 합니다.

내가 나를 사랑하고, 내가 나를 사랑함으로써 행복해한다면 그런 당신을 보고 사람들은 당신을 사랑하게 됩니다. 당신을 사랑하기에 그 사람도 행복해지고 당신은 사랑받기에 더욱 행복해집니다.

행복은 순환입니다.

들부처가 좋은 이유

●●●●

들부처와 마주칠 때마다 손바닥으로 그 얼굴과 뺨과 어깨를 쓰다듬곤 합니다. 입술과 눈가에 새겨진 흐릿한 표정을 손가락으로 확인하지 않고서는 걸음을 옮길 수가 없습니다. 들부처는 어떤 나그네도 마다하지 않아서 좋습니다. 유랑자도, 병자도, 아이도, 심지어는 나비와 잠자리도 들부처의 머리에서 잠깐의 휴식을 취하는 것이 허락됩니다.

구애됨이 없는 마음

●●●●

행복이란 잠시의 감각이라고 생각합니다.

지금 이 순간 나를 행복하게 해줬던 일 때문에 내일이 불행해질지도 모릅니다.

나를 불행하게 만든 원인에서 뜻하지 않는 깨달음을 얻어
인생의 참뜻을 다시금 생각하게 될지도 모릅니다.

나를 아는 사람들로부터
어쩌면 그렇게 기력이 좋으세요?
라는 칭찬을 종종 듣습니다.

그때마다 "기력이라는 병에 걸린 모양이지요."
라고 대답합니다.

가만히 생각해보면 마음에 구애됨이 없기 때문인 것 같습니다.

젊은 사람과 사귀어야 젊음이 유지된다는 말이 있는데 과연 그 말이 옳은지 의심스러울 때가 많습니다.

본받을만한 삶을 살아온 노인과 사귀는 편이 지혜도 더해지

고, 인생의 풍파를 헤치는 힘도 얻게 됩니다. 그런 지혜와 힘을 밑천으로 인생을 개척해나간다면 나이를 먹은 후에도 늙었다는 소리는 듣지 않게 될 것입니다.

행복한 여자의 일생

●●●●

가장 자연스럽고 행복한 여자의 일생이란 무엇일까요.

혼기가 되어 적당한 남자를 만나 결혼하고, 사랑하는 남편의 아이를 낳고, 도중에 이런저런 풍파가 있더라도 참고 견디며 해로하고, 나이 들어 남편이 병에 걸려 쓰러졌을 때는 온정을 베풀어 돌보고, 남편이 저 세상으로 떠날 때는 손을 잡고 위로해줍니다.

혼자 몸이 된 후에는 아들 딸네를 찾아다니며 손자들에게 용돈을 주고, 몸져눕게 되었을 때는 자녀(며느리보다는 친딸)의 간병을 받으며 남편의 뒤를 좇는다, 라는 이야기가 될 것 같습니다.

최선을 다하면

●●●●

장소를 막론하고 내가 지금 서 있는 이곳에서 최선을 다해 노력하면 그에 대한 수확이 주어집니다.

병에 걸렸다면 병든 몸으로 최선을 다해 병마와 싸우는 것입니다. 진정한 생명의 빛남이 내 안에서 발견될 때까지 삶의 끈을 놓지 않는 것입니다. 그러다가 죽게 되어도 최소한 후회는 남지 않습니다.

정말 훌륭한 사람과 만났을 때

●●●●

내가 건강한 까닭은 수다스럽기 때문이라고 생각합니다.

기분 내키는 대로 떠들다보면 속으로 쌓이는 것이 없습니다.

무엇이든 쌓아두면 좋을 것이 없습니다.

최고의 스트레스 해소법은 마음이 통하는 사람과 하루 종일 수다를 떠는 일입니다.

하지만 정말 훌륭한 사람과 만났을 때는 입을 다물고 그가 하는 말을 들어야 합니다.

단 한 순간도 출가를 후회하지 않았습니다

■ ■ ■ ■

단 한 번도, 단 한 순간도 출가를 후회하지 않았습니다.

각오나 의지 때문이 아닙니다. 제 아무리 서로 사랑하는 부부도 10년쯤 살다보면 헤어지고 싶은 충동이 한두 번은 있기 마련입니다. 인생에서 권태는 피할 수 없는 부분입니다.

그런데 단 한 순간도 출가를 후회하지 않고 30년을 한결같이 지냈습니다.

이것이야말로 은혜라고 믿습니다.

이런 것을 포상이라고 부르나 봅니다.

조용한 뜰에 내려와

●●●●

방울벌레를 주고 간 손님이 돌아간 저녁, 조용한 뜰에 내려와 선물로 받은 방울벌레를 어디다 놓아주면 좋을지 장소를 찾아보았습니다. 이래저래 바빠서 천천히 달을 우러러보거나 벌레소리에 귀를 기울인 기억이 아득하다는 것을 깨닫고는 오랜만에 요란하게 울어대는 벌레소리를 따라가봅니다. 순식간에 나를 둘러싸는 대합창에 어안이 벙벙해졌습니다. 합창 소리에 이끌려 고개를 듭니다. 맑은 달이 대숲 위에 빛나고 있습니다.

한낮의 맹렬했던 늦더위를 식혀주려는 듯 밤공기가 유난히 차갑습니다. 밤기운에 벌써 가을의 기색이 담겨 있습니다.

기분 좋게 달빛이 비추는 뜰을 거닐다가 뒷밭과 대숲에 잇닿은 풀숲에 상자를 내려놓았습니다. 그곳은 서재 창가 바로 밑이었습니다.

상자뚜껑을 열어주자 방울벌레들이 굼실굼실 기어 나옵니다. 잠시 후 윙윙거리며 찬 공기 속으로 날아오릅니다.

달빛 아래 서 있던 나는 문득 여기가 정토구나, 하고 생각했습니다.

내가 글을 쓰는 이유

●●●●

글을 쓰는 것은 나를 해방시키는 일인 동시에 나를 깨닫는 과정입니다.

나를 알아갈수록 영혼은 자유로워집니다. 인간으로 태어난 행복이 여기에 있습니다.

나의 글을 통해 몰랐던 나만의 가능성을 발견합니다. 이 또한 행복입니다.

쓰기 위해서는 읽어야 되고, 봐야 하고 생각해야 합니다.

그러다 보면 인생이 풍요로워지고 지혜로워집니다.

미망인의 슬픔은 다르다

●●●●

아내를 먼저 떠나보낸 남자들에겐 사회생활에 시간을 빼앗겨 아내를 충분히 사랑하지 못했다는 후회와 미련이 남아 있습니다. 이에 비해 남편을 잃은 미망인은 슬픔의 밑바닥에서 자기 스스로 일어서곤 합니다. 어딘지 모르게 힘이 느껴집니다. 생전의 남편을 위해 할 도리를 다했다는 일종의 체념이 보입니다. 약속이나 한 듯 그런 체념을 품고 있습니다. 슬픔을 이겨내고 새롭게 시작해보려는 집념이 남편의 위패를 찾아오는 미망인의 발걸음에 담겨 있습니다. 그녀들은 잘 웃고, 잘 먹고, 잘 이야기합니다. 한걸음 뗄 때마다 슬픔의 기억은 멀어지고 밝은 미래에 대한 희망이 발밑에 스며드는 것처럼 보입니다.

망기이타

●●●●

'망기이타(妄己利他)' 는 나의 신조입니다.

"나를 잊고, 타인을 이롭게 함은 자비의 극상이라."

나의 행복만 생각하지 않는다, 나의 이익만 생각하지 않는다….

나의 삶이 타인과 이어지고, 나의 희생으로 타인이 행복해지기를 바라며 작은 것부터 봉사합니다.

이런 삶이야말로 모두를 위한 기쁨이 될 것입니다.

젊어 보이는 비결

●●●●

처음 만나는 사람마다 "나이보다 훨씬 젊어 보이세요."라고 말합니다.

여기에는 비결이 하나 있습니다.

내 능력으로는 어쩌지 못할 일들에 끙끙거리지 말 것.

즉 옛날 일, 끝난 일, 싫은 일은 다 잊어버리고

좋은 일만 언제까지나 기억하는 것입니다.

언제부터인가 그런 습관이 몸에 익혀졌습니다.

화가 나는 일들이 매일처럼 쏟아집니다.

거기에 구애받으면 가뜩이나 볼품없는 용모가 더욱 흉해집니다.

그래서 궁리 끝에 아예 잊어버리자고 작심하게 되었습니다.

그 후로 마음이 편해졌습니다.

감사한 마음으로

●●●●

그날 밤은 마침 중추의 명월이었습니다.
밝은 달은 맑은 공기의 산 위에 낮게 내려앉았고
별까지 모시고 나와 금빛 지붕을 이뤄
신비로운 빛으로 세상을 비추고 있었습니다.
아무도 없는 천태사(天台寺) 경내에 서서
큰 지붕 저편으로 떠 있는 달을 구경했습니다.
자쿠앙에서는 중추에 참억새와 가을 풀꽃을 심고,
월견대를 만들고, 고구마 경단을 바칩니다.
천태사에서는 주변의 산들이 고구마 경단을 만들어주고,
가을의 일곱 가지 푸성귀를 선물해줬습니다.
우주와의 융합이 느껴지면서 산의 신령한 기가
내 몸에 흘러들어오고 있었습니다.
나는 감사한 마음으로 그 기운을 받아들일 뿐이었습니다.

후회하지 않는 삶

●●●●

인간은 오십이 되면 늙고, 육십이 되면 지치고, 칠십이 되면 죽음을 준비한다고 하는데 이런 말을 잊어버리고 싶습니다. 120살까지 살게 될지도 모른다, 150살까지 살아 있을지도 모른다, 그렇게 생각하면서 하루를 사십시오. 만에 하나 내일 죽더라도 후회하지는 않을 겁니다. 120살까지 살려고 애썼는데 쉽지 않구나, 라고 생각하면서 죽는 것도 재미있을 겁니다.

헤어짐에 익숙해지도록

일생에 한 번뿐인 인연

●●●●

살아 있는 날은 오늘밖에 없다는 것이 요즘 들어 솔직한 심정입니다.

누군가를 만난다면 일생에 한 번뿐이라는 인연으로 감사히 여기고, 온 마음을 다해 헤어짐을 준비해야 된다는 생각이 듭니다.

그렇게 생각하니 사람에 대한 그리움이 더해집니다. 이로 인해 나는 또 감사할 수 있습니다.

마주쳤기에 헤어진다

●●●●

마주쳤기에 우리는 헤어집니다.

영생하는 인간이 없듯이 작별하지 않는 만남은 없습니다.

멋있게 헤어진다는 것

●●●●

멋있게 헤어질 줄 아는 사람이라는 말이 있습니다. 그러나 세상에는 남자나 여자나 헤어지는 데 서툰 사람이 더 많아 보입니다.

아무런 손해도 보지 않고 어제까지의 관계를 끊어버리고, 더 좋은 사람이 있는 다른 곳으로 떠나겠다는 욕심이 있기 때문입니다.

헤어지고 싶다면 그에 따른 응보를 각오하는 것이 마땅합니다.

인생 무상

●●●●

석가님은 생후 일주일 만에 생모인 마야부인을 잃었습니다.

생모와의 사별은 태어난 자는 반드시 죽어야 한다는 것, 만난 자와는 반드시 헤어져야 한다는 것, 사랑하는 자와의 이별은 쓰라리다는 것을 깨닫게 해주었습니다.

불교에서는 인간의 운명을 '생자필멸(生者必滅), 회자정리(會者定離)' 라고 말합니다.

인생의 무상함에 대한 설파입니다.

세상은 현재의 순간으로 정해지지 않습니다.

모든 사물은 시시각각으로 움직입니다. 그것이 자연의 이치입니다.

만남과 헤어짐의 영원한 되풀이

●●●●

만남의 소중함, 기쁨, 슬픔.

인생이란 만나고 헤어짐의 영원한 되풀이가 아닌가 생각됩니다.

모든 만남은 그저 우연으로 보이고, 타인과 나에게 별다른 관계가 없어 보일 때도 많지만 때로는 그 사소한 만남이 한 사람의 일생을 새롭게 덧칠하는 경우도 있습니다.

과거로부터 시작되고, 미래에서 준비된 인연들

●●●●

한 사람과의 만남, 한 장의 그림, 한 개의 찻종…. 모든 만남은 우연이지만 인간의 삶이 끝나는 곳에서 뒤돌아보면 우연도, 갑작스러운 일도 아니었음을 깨닫게 됩니다. 뜨개질 코가 한 번만 빗나가도 되돌릴 수 없는 것처럼 하나의 만남은 과거로부터 시작되고, 미래에서 준비된 유대와 인연을 통해 이어지는 것입니다.

인생이란 오랜 시간 정성들여 청사진을 만들어도 그와 똑같이 세워지지 않는 건물입니다. 잘못 들어선 길을 헤매는 여행과 같습니다.

삶은 죽음으로

●●●●

삶과 죽음은 상대적인 현상이 아닙니다. 물이 얼음으로 변하듯 삶은 죽음으로 모습이 바뀔 뿐, 그 둘은 하나로 연속되고 있음을 기억하며 살아가야 합니다.

죽음에 대한 기억으로 당황해 하는 인간

●●●●

우리들 인간은 태어날 때부터 죽음이라는 씨앗을 몸에 간직하고 있는 열매입니다. 언제나 함께 있기에 어느 사이엔가 죽음에 대해 무관심해진 것은 아닐까요. 사랑하는 사람의 죽음과 큰 병에 걸려 난생 처음 내 안에 숨겨진 죽음의 존재를 깨닫고는 당황하며 죽음에 대해 기억하는 것이 우리들 보통 사람인가봅니다.

언젠가는 헤어진다

●●●●

누구든지 한 번은 사랑하는 사람과 헤어져야 하는 슬픈 시련을 겪기 마련입니다. 사랑하는 사람과 조금이라도 더 오래 있고 싶고, 사랑하는 사람이 오래도록 살아 있기를 바라는 마음은 당연한 감정입니다. 하지만 언젠가는 죽음이 사랑하는 사람을 빼앗아 갑니다. 슬프게도 언젠가는 헤어질 수밖에 없습니다.

임종의 눈

●●●●

임종의 눈이라는 말이 있습니다.

자신의 죽음이 정해졌음을 깨달았을 때 그의 눈에 비치는 세계는 얼마나 아름답고 또 사랑스럽게 보일까요.

모든 것이

광채를 발하는 것처럼 환하게 보이겠지요.

석가님도 죽음이 다가왔을 때

“세상이란 참으로 아름답구나. 사람의 마음처럼 감미로운 것이 없구나.”

라고 말씀하셨답니다.

죽음이란

●●●●

죽음이란 흐르는 강물에 생명을 부어 강물을 살찌게 하고

영원히 흐르는 그 강물 속에서 영원토록 소생한다는 의미인지도 모릅니다.

인생의 전환점

●●●●

오래 살다보면 오랫동안 지켜온 우정, 오랫동안 사귀었던 교분, 오랫동안 간직했던 사랑들을 버려야 하는 인생의 전환점과 마주하게 됩니다. 때로는 버림으로써 심신이 편안해지기도 합니다. 눈에 보이지 않는 곳으로 훌쩍 떠나거나, 보잘것없는 이끼라고 생각하며 버리는 것도 생활의 지혜입니다.

그리운 눈빛들

●●●●

나를 두고 세상을 떠난 사람의 영혼.

내 인생에 많은 도움을 주고 먼저 간 사람들 곁으로 떠나신 분들.

요즘 들어 내 주변에서 그들의 기척이 느껴집니다.

문득 깨닫고 보면 나는 그들에게 이야기를 하고 있고, 내 귀에는 그들의 대답이 들립니다. 늦은 밤, 홀로 집필에 열중하다가 펜 끝을 잠시 멈추고 고개를 들었을 때 왠지 모르게 따뜻한 기분이 듭니다. 그들이 내 곁에 머물고 있기 때문입니다. 육체는 사라졌지만 영혼만큼은 지난날의 눈빛 그대로입니다. 그들이 내게 보여줬던 다정하고도 그리운 눈빛입니다.

우리에게 목소리는 필요치 않습니다. 득도(得度, 미륵의 세계를 넘어 개달음의 경지에 이름—옮긴이)하여 한 번의 죽음을 겪은 나는 그들과 마찬가지로 이미 죽은 자이며, 우리는 영혼으로 서로를 찾고 있습니다.

사랑하는 사람의 죽음과 마주쳤을 때

●●●●

사랑하는 사람의 죽음과 마주쳤을 때 비로소 그 사람에 대한 사랑을 깨닫습니다.

그리고 사랑하는 사람의 시간이 사라져가는 것에 괴로워하며 몸부림칠 것입니다.

부디 내 생명과 바꿔주십시오, 라고 자기도 모르게 어떤 존재를 향해 기도하게 됩니다.

그때의 순수한 사랑이야말로 이 세상에서 가장 존귀한 사랑입니다.

정해진 시간을 살아갈 뿐

●●●●

사람은 어디에서 오고, 어디로 가는 것인가.

나는 아직도 모릅니다.

내가 아는 것은 나의 의지로 세상에 태어나지 않았다는 사실, 세상에 머무는 시간을 내 형편대로 조절하지 못한다는 사실뿐입니다.

어떤 의지에 의해 세상에 보내진 나는 정해진 기간까지 세상에 남아 있어야 합니다. 그 기간이 다하기 전까지는 자살한들 미수에 그칠 것이고, 그 기간이 다했다면 불로장생의 묘약을 마셔도 보람이 없습니다.

여행을 떠난다면 아무리 조심해도 추락할 비행기는 추락하고, 가라앉을 배는 가라앉습니다. 인간의 무력함을 깨달은 나는 견디지 못하고 출가했습니다.

이제 와서 생각해보면 출가도 어떤 의지에 의해 내가 움직인 것에 지나지 않았습니다. 그럴 수밖에 없도록 나의 심정을 몰아갔던 것 같습니다.

미련이 남지 않도록

●●●●

순진했던, 그리고 소박했던 그 사람의 마지막 말이 지금도 귓가를 맴돕니다.

"모두들 잘 해주셔서 정말 행복하고, 여기가 극락입니다. 지금이 행복하기는 하지만 이렇게 좋은 분들과 헤어져 혼자 죽어야하다니 쓸쓸하고 허전합니다."

살아 있는 동안 주어진 시간 속에서 미련이 남지 않도록 사랑해야 한다고 생각했습니다.

이렇게 죽기를 바란다

●●●●

출가란 살아 있는 죽음이라고 생각합니다.

나는 이미 죽은 몸이고, 내 앞에서 펼쳐지는 세상사는 찰나의 흔들림에 지나지 않습니다.

발버둥 쳐도 죽을 때가 되면 죽기 마련입니다. 그것을 알기에 각오는 돼 있습니다.

엉덩이를 붙일 만한 곳이 없는 너저분한 서재. 책이 쌓여 있는 토치카 바닥에 파묻히듯 책상에 엎드려 숨을 거둔 아침. 여느 때처럼 누군가가 찾아올 테고, 여느 때처럼 글을 쓰느라 밤샘을 하고 선잠에 빠진 것으로 생각하며 조용히 밖으로 나가고, 한 시간쯤 지나 다시 커피를 들고 방에 돌아왔을 때 그제야 죽어 있음을 알게 되겠지요. 큰일 났어요! 비명 소리에 방에 가득 쌓여 있던 책들이 우르르 쏟아져버리고, 나의 시체는 쏟아져 내린 책더미에 파묻혀버립니다.

그렇게 죽기를 바라지만 그날만은 어떻게 될지 아무도 모릅니다.

사별의 고통

●●●●

부모님의 임종을 지켜드리지 못해서인지 지금도 그 분들이 돌아가셨다는 체감이 없습니다.

그러나 언니의 죽음은 너무도 괴로웠습니다.

언니는 나를 대신해 두 분의 임종을 지켜드렸고, 세상을 떠난 직후의 모습도 두 눈으로 지켜보았습니다. 내가 알지 못하는 몇 배의 고통을 혼자 떠맡아주었습니다. 그리고 얼마 전에 언니를 잃었습니다. 언니의 죽음에 두 분의 죽음이 더해져 이제야 내가 사랑했던 사람들과의 사별이 고통으로 다가오고 있음이 느껴집니다.

괴로움이 주는 은총

●●●●

인간이란, 아니 나라는 것은 얼마나 한심한 생물인지 모르겠습니다. 내가 직접 체험해보지 않고서는 타인의 고통, 슬픔도 실감하지 못하고, 심신에 스며들지도 않습니다. 언니의 죽음을 통해 세상에서의 불행은 겪어보는 편이 낫다고 알게 되었습니다. 내 마음의 괴로움이 몸에 새겨지면서 다른 이들의 고통과 슬픔이 헤아려진다는 은총이 허락된 것입니다.

그리고 새로운 사람

●●●●

죽은 사람에 대한 사랑을 고집하지 말고, 그가 살았어야 할 시간까지 떠맡아 씩씩하게 살고, 새로운 사랑을 만나십시오.

죽은 자를 부정하는 것도, 잊어버리는 것도 아닙니다.

그의 영혼은 우리가 살아 있는 누군가를 사랑하게 해달라고 지금 이 순간에도 기도하고 있습니다.

하늘에서 우리를 위해 기도하고 있습니다.

감사의 조건

●●●●

조금씩, 조금씩 저승의 세계가 다가오는 것을 느낍니다.

죽을 때까지 깨달음은 미천하겠지만 그래도 괜찮습니다. 인간의 삶이 하늘의 뜻에 달려 있다는 것은 알고 있기에 육신은 불편해도 마음은 편하고 즐겁습니다.

감사의 조건은 이것으로 충분합니다.

헤어짐 그리고 남는 것

●●●●

물결이 지나간 자리에는 작은 조가비가 젖은 모래 속에 숨어 있습니다.

사람과의 만남 뒤에는 추억이 숨어 있습니다.

상처를 입히고 헤어졌을지라도 아름다웠던 일과,

그리웠던 일들은 물가의 꽃조개처럼 추억 속에 아로새겨지는 법입니다.

산다는 것은 사람을 만나고 결국에는 헤어진다는 것.

한없이 물가로 밀려왔다가 다시 저 멀리 사라지는 파도와 다를 게 없습니다.

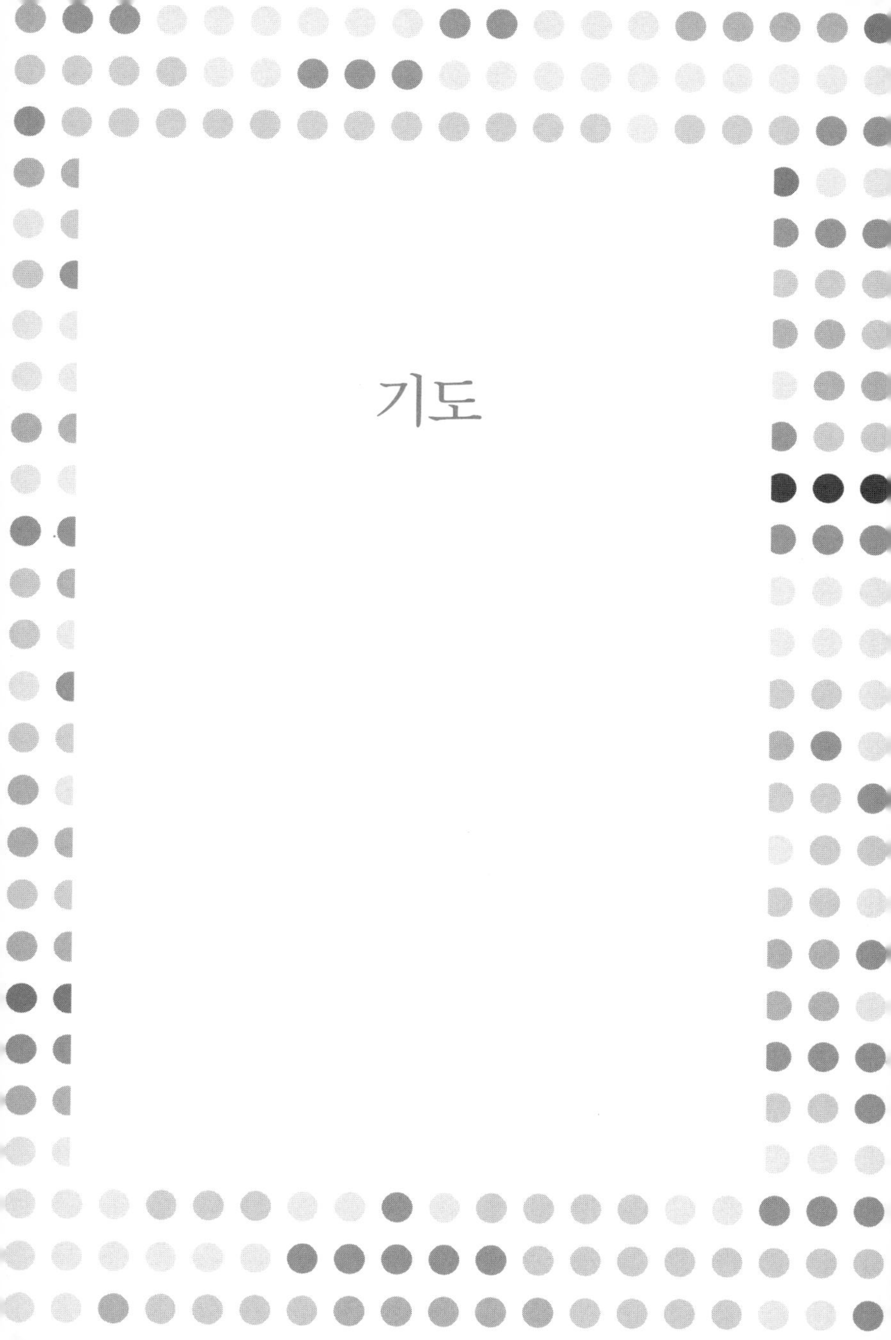

기도

확신이 없기에

●●●●

우리들에겐 무수한 욕망이 있습니다. 번뇌가 뜨겁게 타오르며 솟구칩니다.

해서는 안 된다는 것을 알면서도 남의 것을 탐내고, 대접 받기를 좋아하고, 맛있는 음식 앞에서 절제를 상실합니다.

미워해서는 안 된다는 것을 알지만 실천은 나의 이야기가 아닙니다.

이 몸을 내 것이라 말하기가 쑥스럽습니다. 마음만 하더라도 내 뜻대로 움직이고 있다는 확신이 서지 않습니다.

의지가 되는 것은 눈에 보이지 않는 '거대한 힘' 뿐이라는 생각이 자꾸만 고개를 듭니다.

인간은

●●●●

인간이 다른 동물과 다른 점은 사랑하는 것과 기도하는 것 아닐까요?

믿었을 때

●●●●

하느님도, 부처님도 사람이 의심하면 존재하지 않는 것입니다.

내 안에 있다고 믿었을 때 하느님도, 부처님도 내 곁에 계신 것입니다.

기도하는 이유

●●●●

기도란 갓 태어난 아기처럼 사심 없이 엎드려 몸을 던지는 것을 뜻합니다. 엎드려 있는 머리 위로 칼이 떨어지더라도 후회하지 않겠다는 절대적인 믿음을 얻기 위해 사람은 기도합니다.

스스로

●●●●

신은 우리에게 뭔가를 던져주려고 하지는 않습니다. 인간의 영혼이 스스로 일어서고, 스스로 생각하려는 힘을 갈망하게 되었을 때 비로소 손길을 내밀어주는 것뿐입니다.

나를 버리기 위해

●●●●

기도는 대답을 바라지 않습니다.

나를 내던지고, 나를 무(無)로 돌리고, 태어났을 때의 자신으로 되돌아가는 과정이 기도입니다.

나를 버리기 위해 기도하는 것입니다.

하느님도 나의 고통을 알고 있다는 확신을 갖기 위해 기도하는 것입니다.

깨끗한 눈물

●●●●

호류지法隆寺에서 오랜만에 백제관세음을 만났습니다. 지금은 유리 상자로 보호하고 있는 이 아름다운 부처의 얼굴을 열일곱 되던 봄에 처음 만났습니다. 그때는 어두컴컴하고 먼지가 많은 방안에서 아무런 보호장치도 없이 공기 중에 드러나 있었습니다.

열일곱 살이었던 나는 참관하는 사람들 무리에 섞여 비스듬히 부처를 올려다보고 있었습니다. 그런데 갑자기 눈물이 쏟아져 무척이나 당황했습니다.

이토록 아름다운 것, 사무치게 그리운 것을 가까이에서 우러러본 것은 태어나 처음이었습니다. 예스러운 미소의 연약함, 존귀함, 따스함, 신비로움. 부처의 손바닥이 내 영혼을 쓰다듬는 것 같아 몸서리가 쳐졌습니다.

아름다운 것, 존귀한 것을 보고 눈물이 흐를 수도 있음을 알게 된 첫 번째 경험이었습니다.

내 생에서 그때만큼 깨끗한 눈물을 흘린 기억이 없습니다.

사자의 영혼

●●●●

사자(死者)의 영혼은 살아남은 자가 그들을 어떻게 생각하느냐에 따라 빛나기도 하고 그늘이 되기도 합니다.

사자를 망각하지 않는 것은 곧 나의 원점을 망각하지 않는다는 뜻입니다.

모든 것을 하늘의 뜻에 맡기는 때

●●●●

기도하는 수밖에 없다는 말이 있습니다.

괴로운 일과 맞닥뜨려 어떻게 해야 좋을지 모를 때 자기도 모르게 "살려주세요"라고 외칩니다. 자연스레 두 손이 모아집니다.

우리는 자신의 타고난 힘이 대단치 않다는 것을 본능적으로 깨닫고 있습니다.

내 힘만으로는 어떻게 해볼 도리가 없는 일들이 무수히 많다는 것을 깨닫고 있습니다.

그래서 마지막 순간에는 기도만이 유일한 힘이 됩니다.

내가 할 수 있는 모든 노력을 쏟아내고 하늘의 뜻에 맡기는 길밖에 없습니다.

기도에 사념이 없다면 하늘은 반드시 우리의 목소리에 화답해주십니다.

맡겨두라

●●●●

'일이 되어가는 대로 맡겨두라' 는 말이 있습니다.

신앙을 가진 사람은 하느님이나 부처님에게 일의 경과를 맡기므로 과거에 후회하거나 미래를 걱정하지 않습니다.

후회와 걱정이 없어 마음도 자유롭습니다. 이를 공덕이라고 합니다.

'신앙은 맡기는 것' 입니다.

용서받을 수 없는 죄악

●●●●

사랑과 마찬가지로 기도의 보수를 요구하는 것 또한 용서받을 수 없는 죄악입니다.

하느님

●●●●

하느님은 인간의 나약함을 알기에 모든 것을 용서하고, 받아들이고, 격려하고, 때로는 나무랍니다.

어디서 와서 어디로 가는지를 모르는 우리들에게 태어나기 이전의 세계를 깨닫게 해주고, 죽어서 당도해야 할 세계를 보여주는 힘입니다.

우리가 잊고 있어도 언제나 우리를 지켜주시고, 잘못을 저지르기 쉬운 우리들의 삶을 아무런 대가 없이 지내도록 기도해주고 있는 분입니다.

기도의 힘

●●●●

마음의 장애를 없애는 방법이 하나 있습니다.

나쁜 짓을 했다는 생각이 든다면 잠들기 전에 기도합시다.

"나는 오늘 이런 나쁜 짓을 저질렀습니다. 용서해주세요."

기도가 끝나면 가슴이 상쾌해지고, 하루 종일 마음을 불편하게 했던 감정들이 사라져 편안히 잠들게 됩니다. 하지만 우리는 범부이므로 내일 또다시 나쁜 짓을 저지릅니다. 그러면 또 기도합니다.

이튿날도, 그 이튿날도 같은 기도가 반복됩니다.

그러던 어느 날, 자신이 어리석은 인간임을 자각하게 됩니다. "남을 험담하지 않겠다고 기도했는데 어제도, 오늘도 그 사람을 욕하고 말았다. 나는 정말 의지가 없는 인간이다."

자신의 어리석음과 하찮음을 알게 되는 것입니다.

자신의 어리석음을 깨달은 인간은 타인 앞에서 큰소리치지 않습니다. 자신의 어리석음을 알기에 타인의 어리석음에 관용을 베

픕니다.

마음의 장애를 없애고 싶은 분들에게 이 방법을 적극 추천합니다.

맡기다

●●●●

당신은 젊고 아름답습니다.

그러나 아무리 아름다운 사람도, 건강한 사람도 언젠가는 할머니가 되고,

머리가 흐려지고 결국에는 죽습니다.

살아 있는 동안만큼은 온전한 정신으로 살다가 떠나고 싶지만 내 뜻대로 될 일이 아닙니다. 차라리 정신을 잃더라도 하느님이 이 몸을 지켜주시고, 이 늙은 몸을 그 분께 맡기겠노라고 생각하면 기분은 한결 가벼워집니다.

우정만은 남았네

●●●●

칠십 년을 살아오면서 나만큼 많은 친구들을 얻은 사람도 드물 것입니다.

출가는 버리는 행위입니다. 버려야 될 것 중에는 은혜와 사랑도 포함됩니다. 그런데 나의 경우는 모든 것을 버린 후에도 우정만은 남아 있었습니다.

이것의 신의 뜻이라 믿고 감사히 누리고 있습니다.

마음의 자유

●●●●

나를 잊어버린다는 것은 나를 버리는 것입니다. 나를 버린다는 것은 아집을 버린다는 말입니다.

나를 버렸을 때 비로소 우주의 진리가 내게 말을 걸어옵니다.

도겐(선현)은 "마음이란 산하대지이며, 일월성신이노라."고 말했습니다.

대자연의 웅대함과 아름다움으로 마음을 채웁니다. '나'라는 비소한 존재가 산하대지와 일체가 되어 폭풍우에도 꿈쩍하지 않는 평안을 얻게 됩니다. 온 세상을 둘러싼 일월성신이 내 안으로 밀려와 이 작은 몸뚱이에 빛을 드리우면 곧 내가 일월성신이 되어 끝없는 우주를 유영하는 청량하고도 상쾌한 기우(氣宇)가 채워집니다. 장대하고도 장엄한 인간의 변화입니다.

모든 것을 버린 마음에 우주가 깃들어 우주와 일체가 되고, 나의 생명은 우주의 생명으로 확장됩니다. 마음의 자유란 이런 경지를 말하는 것입니다.

소설을 쓰고 싶다…. 그것만이 유일한 바람이었지만 정신없이 몇 해를 보내고 나니 견딜 수 없는 덧없음에 몸과 마음은 완전히 지쳐버리고 말았습니다.

죽음이 임박한 것처럼 고민하고 헛된 삶에 미련을 버리지 못하는 자신에게 실망한 나는 자연스레 기도하게 되었습니다.

내 능력에 대한 자부심을 상실한 후 신에게 나를 맡겼습니다. 맡겼다기보다는 부탁했습니다.

그때부터 마음이 가벼워졌습니다. 만사를 혼자 처리하려던 아집에서 벗어나자 무거웠던 어깨가 조금씩 가벼워지기 시작했습니다.

귀의란 절대자에게 나는 물론이고 나와 연관된 모든 세계를 맡기는 것임을 깨닫게 되었습니다.

범음을 듣다

●●●●

자쿠초(寂聽)라는 나의 법명은

"출리자(出離者)는 죽은 듯 고요해서 범음(梵音)을 듣는다."라는 뜻입니다. 나의 스승이신 곤 도코(今東光) 스님의 가르침이기도 합니다.

범음이란 종이나, 목탁, 독경 소리를 말합니다. 즉 불교와 관계가 있는 모든 소리입니다.

넓게는 봄날의 작은 시냇물소리, 먼데서 들리는 새소리, 갓난아기의 첫 울음소리, 사랑을 속삭이는 연인의 목소리, 이 세상의 삼라만상이 연주하는 모든 소리가 범음입니다. 무릇 출가한 자로서 죽은 듯이 고요한 마음으로 그 모든 소리에 귀를 기울여주라는 의미입니다.

불행의 시작

●●●●

'생명' 이란 사람의 재량으로 다룰 수 있는 가치가 아닙니다.

인간은 자신의 지혜를 자부하며 신의 영역을 침범했습니다. 물질로 생명을 좌우하려고 했습니다. 그리고 거기서부터 모든 불행이 시작되었습니다.

사랑이란 열려 있어야

●●●●

사랑이란 세계를 향해, 그리고 인류를 향해, 우주를 향해 넓혀졌을 때 비로소 완전한 빛을 발하기 시작합니다.

나의 사랑만 고집하면 갇혀버립니다. 사랑의 불도 오래지 않아 꺼져버립니다.

우리는 우주의 에너지로부터 이 세상에 오게 되었습니다.

우주의 에너지를 인간은 신이라고 부릅니다. 부처라고 부르기도 하고, 초월자라고 부르기도 합니다.

우주에는 최초로 사랑이 있었고, 그 사랑에서 모든 것이 태어났습니다. 이것은 신화에 나오는 이야기가 아닙니다.

사랑이 없는 곳에서는 아무것도 태어나지 않습니다.

뜻대로

●●●●

기독교계 여대에 다닐 때 배운 기도문에 '뜻대로' 라는 말이 있었습니다. 불교신자가 된 후에도 이 말을 무척이나 좋아하고 있습니다. '뜻대로' 는 가르침이 기독교의 것이든, 불교의 것이든 상관없습니다. 내가 귀의한 초월자의 뜻에 나를 맡기고 싶다는 생각만으로 마음이 편안해집니다. 몸에 붙일 수 있는 약은 없더라도 '뜻대로' 라는 주문만 외우면 이 세상이 즐겁고, 내일도 오늘처럼 무사히 살아갈 수 있을 것 같다는 기분으로 잠을 청하게 됩니다.

깊은 절망이 밀려올 때

●●●●

인간은 불완전한 존재입니다. 의사도, 신약의 발명도 전능하지 않습니다. 가망이 없다며 의사가 포기한 환자가 신앙으로 건강을 되찾은 예를 흔히 보게 됩니다.

그런 사람들을 보면서 그들의 믿음이 그들을 구원한 것이 아닐까, 하고 혼자 생각에 잠기곤 합니다.

의사마저 포기한 환자에겐 절망뿐입니다. 절망한 인간은 무엇인가에 의지하고자 하는 순수한 열망에 사로잡힙니다. 마음속 절망을 몰아내주는 한줄기 빛에 자신의 전 생명을 바칩니다. 바로 그때 인간의 내면에 잠들어 있던 자연치유력이 활발하게 소생하는 것입니다.

돈으로 할 수 없는 일

●●●●

유산했거나, 낙태시킨 태아를 영구공양해주겠다는 신문광고를 보았습니다.

공양은 돈으로 하는 것이 아닙니다. 돈을 많이 낸 사람만 부처가 되는 것이라면 극락은 이 세상의 부자들로 우글거릴 겁니다. 부자는 죽어서도 좋은 곳에 가고, 가난한 사람은 지옥으로 떨어지는 일은 절대로 없습니다.

절에 돈을 보낸다고 해서 갓난아기를 죽인 죄가 깨끗해지지는 않습니다. 오히려 돈으로 살인을 덮으려했던 죄가 더해질 뿐입니다.

습관처럼 기도하다보면

●●●●

습관처럼 기도하는 사람에겐 자신의 기도에 하늘이 응답한다는 실제적인 경험이 뒤따르는 법입니다.